KB064599

신문기자

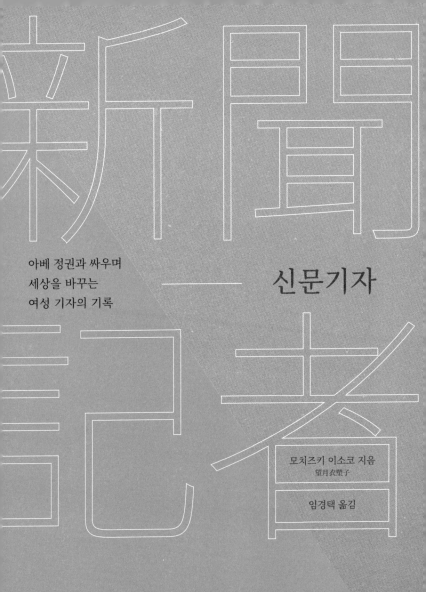

新聞記者

신문기자

아베 정권과 싸우며
세상을 바꾸는
여성 기자의 기록

모치즈키 이소코 지음
望月衣塑子

임경택 옮김

동아시아

그림 퍼즐을 맞춰나가는 것처럼

스마트폰 문자메시지를 자주 이용한다. 2017년 6월부터 많이 사용하게 됐다. 그렇다고 누군가에게 메시지를 보내는 것은 아니다.

오전 7시쯤 일어나 조간신문 제목들을 대충 훑어본다. 아침 식사 준비를 마치고 아이들 밥을 먹이면서 TV 뉴스나 정보 프로그램을 켜놓고 흘려듣는다. 이때 문자메시지를 이용한다. 눈과 귀로 들어오는 기사 제목이나 자막 문구를 잊지 않기 위해서 내게 메시지를 보내둔다.

오전 11시부터 열리는 스가 요시히데菅義偉 관방장관의 정례회견을 앞두고 준비하는 것이다.

2017년 6월 6일, 총리 관저 대변인의 정례회견에 처음 출석했다. TV나 홈페이지에서 보던 모습 그대로일까?

관방장관 회견에는 대체로 각 매체의 정치부 기자가 출석한다. 정치부는 주로 내각이나 국회의원을 취재하여 국가정책과 외교에 관한 기사를 쓴다. 한편 내가 속해 있는 사회부는 사건이나 의혹을 취재한다. 주로 정치인이나 검찰 등 권력을 상대로 싸우는 사건을 다룬다. 사회부 기자인 나는 그때까지 한 번도 관방장관 회견에 출석한 적이 없었다.

처음에는 일단 한번 가보자는 가벼운 마음이었다. 질문을 던질 생각도 전혀 없었는데, 정례회견이 싱겁게 끝나버릴 것 같은 분위기에 나도 모르게 손을 들었다.

"도쿄신문東京新聞, 모치즈키입니다."

규정에 따라 매체명과 이름을 밝히고 문부과학성 전 사무차관 마에카와 기헤이前川喜平 씨에 대한 몇 가지 질문을 건넸다. 질문 도중 사회를 보던 남성 사무관에게 주의를 받았다.

"질문은 되도록 간결하게 해주십시오. 부탁드립니다."

나중에 생각해보니 질문이 길고 집요했던 게 사실이다. 같은 기자인 남편에게도 "질문은 더 짧게 해야지"라는 잔

소리를 들었다.

그 후에도 여러 번 비슷한 지적을 받았기 때문에 질문할 때 참고가 될 만한 구절이나 말을 보관하는 습관이 생겼다. 일상 속에 생긴 변화 중 하나이다.

자기소개가 늦었다. 나는 도쿄신문 사회부 기자이다. 도쿄신문은 도카이東海 권역을 중심으로 1도 17현을 아우르는 주니치신문中日新聞 그룹의 지방지이다. 이소코衣塑子라는 조금 특이한 이름은 다이쇼 시대의 시인 하기와라 사쿠타로萩原朔太郎와 관련이 있다. '무언가를 만들고 창조하는 사람이 돼라'라는 어머니의 바람이 담긴 이름이다.

입사 후 각 지국에서 사건, 사건, 사건으로 이어지는 취재에 몰두해왔다. 육아휴직을 마친 후에는 경제부에서 2014년 해금된 일본의 무기 수출 문제를 꾸준히 취재했다.

그 후 다시 사회부로 복귀해 2017년 4월부터는 모리토모森友와 가케加計 스캔들 취재팀의 일원으로서, 그 배경을 추적하고 관저 회견에서 계속 질문하고 있다.

관방장관 회견에 처음 출석한 지 이틀 만에 다시 회견장에 들어섰다. 그 전보다 훨씬 더 많은 질문을 쏟아냈다. 신문기자가 된 이후 줄곧 배워온 기자 정신으로 무장한 채 돌진했다. 내가 던진 질문 수는 무려 23개. 빠를 때는 5분도 채 걸리지 않던 정례회견이 37분간 이어졌다.

신문기자의 일은 그림 퍼즐을 맞춰나가는 것처럼 하나하나 진실을 파헤치고 나아가 진술의 진위를 확인하는 것이다. (그렇게 배웠다.) 사건 취재를 할 때 처음부터 진실을 듣는 일은 거의 없다. 들이민 질문에 부정적인 답변이 돌아올 것을 전제로 몇 번이고 몇 번이고 질문을 던진다. 햇병아리 시절부터 지금까지 기자로서의 초심에는 변함이 없다. 나와는 전혀 어울릴 것 같지 않았던 총리 관저에서도 그저 내 방식대로 질문했다.

두 기자회견에서 느낀 것

아베 신조安倍晋三 총리의 기자회견에도 출석했다. 정기국회가 폐회되었던 6월 19일 저녁, 총리 관저로 향했다.

"모치즈키 씨, 손 들어봐요."

프리랜서 저널리스트인 이와카미 야스미岩上安身 씨가 이렇게 말하며 덧붙였다. "절대 이름이 불리지는 않을 겁니다. 저도 5년째 출석하면서 매번 손을 들고 있는데, 한 번도 지명된 적은 없거든요."

아베 총리는 매스컴에 대한 호불호가 확실하다. 기자회견에서 사회자에게 지명되는 곳은 NHK, 니혼TV, TBS, 후지TV, 요미우리신문読売新聞, 산케이신문産経新聞 등 한정된 매체의 기자들뿐이다.

그중에는 손을 들지 않았는데도 지명을 받은 NHK 기자도 있었다고 한다. 사전에 제출된 질문에 맞춰 사무원이 작성한 답변을 아베 총리가 자신의 의견인 양 낭독하는 식이다. 짜고 치는 판이 아니면 무엇인가. 그런 기자회견이 무슨 의미가 있는 걸까. 실제로 내 이름이 불린 적은 없었다.

반대로 스가 관방장관의 정례회견은 분위기가 달랐다.

"그런 지적은 적절하지 않습니다."

"전혀 문제가 없습니다."

항간에서는 '스가 화법'이라 불렸는데, 무뚝뚝한 태도로 비슷한 말을 반복하고 일방적으로 소통을 끊어버리는 수법에 나는 늘 애타고 답답했다. 그래도 질문하려고 손을 든 기자는 반드시 이름을 불러준다. 매체를 선별하지도, 사전에 질문을 제출하라고 하지도 않는다.

그런데 언제부터였을까. 공보관이 "마지막으로 질문 하나만 받겠습니다"라는 말로 질문을 싹둑 잘라버리기 시작했다. 한번은 제대로 된 답변을 얻지 못해 공보관의 말을 무시하고 계속 손을 들자, 내각기자회의 간사를 맡은 기자가 "이상으로 마치겠습니다"라며 제멋대로 회견을 끝내버렸다. 공보관도 아니고 왜 같은 기자가 기자의 질문을 무시하는 거지? 기자클럽 제도의 한계를 뼈저리게 느꼈고, 정말이지 그날은 너무도 우울했다. (기자클럽 제도는 뒤에서 다시 설명하겠다.)

당연한 일을 계속할 뿐

그렇다고 관저 출입을 관둘 수도, 질문을 멈출 수도 없었다.

"언제까지 계속할 거야?"

친구나 지인들에게 자주 듣는 말이다. 7월에는 복통이 심해져 며칠 동안 쉬어야 했다. 스트레스가 하나의 원인이라고 하니, 나도 모르는 사이 압박감을 느꼈나 보다. 이러한 상황을 지켜본 친구들은 자주 나를 걱정한다. 그 와중에도 나는 정부나 관저로 이어지는 유일한 창구인 스가 장관의 정례회견에 적어도 하루에 한 번은 출석하려고 부단히 애썼다.

여전히 모리토모 및 가케 스캔들을 비롯한 정권과 관저에 대한 의혹은 완전히 드러나지 않았다. 그렇기 때문에 아무도 묻지 않으면 내가 물을 수밖에 없다. 사회파를 자처하는 것도 아니고, 자의식에 사로잡혀서도 아니다. 이상하다 싶으면 납득할 때까지 끝까지 물고 늘어진다. 경찰과 권력자가 숨기려는 것을 세상에 알린다. 나는 이것이 기자의 일이라고 생각한다. 나는 나의 일을 하고 싶은 것뿐이다.

질문을 쏟아내는 내 모습이 미디어에 몇 번 나오면서 잡지와 TV의 인터뷰나 강연 의뢰를 많이 받았다. 많은 독자분들도 도쿄신문에 응원을 보내주셨다. 진심 어린 응원도 있었지만, 의심스러운 전화와 비난을 받으며 간접적인 압박을 느낄 때도 있었다.

정의를 지키는 영웅이라는 수식어도, 반反권력 기자라는 꼬리표도 나와는 거리가 멀다. 기자로서는 병아리 시절부터 보고 배운 것들을 했을 뿐이고, 개인적으로는 감정이입을 잘하고 목소리가 큰 덜렁이에 가깝다.

조금 쑥스럽지만 나의 이야기를 담아 책을 쓸 기회를 얻었다. 신문기자의 일이란 무엇인가? 동료들과 일하며, 취재원을 만나며 나는 무엇을 배웠는가? 이 책을 통해 기자의 본질을 알리는 동시에 '모치즈키, 꽤 재미있는 사람이구나' 하는 친근감을 줄 수 있다면 더없이 기쁠 것 같다.

| 차례 |

3장
방관자가 되어도 괜찮은가

모치즈키 이소코
望月衣塑子

2000 도쿄신문 입사, 지바지국 근무

2001 레크리에이션 시설 지명경쟁입찰 뇌물공여 의혹 보도

2002 요코하마지국 근무

2003 사회부 사법 담당 기자

2004 일본치과의사연맹 부정 헌금 스캔들 보도

2005 편집부 근무

2007 사이타마지국 근무
     구니이 검사 '사건 조작' 특종 보도

2012 경제부 경제산업성 취재기자

2014 복직
     아베 정권 '방위장비이전 3원칙' 결정 이후,
     무기 수출 문제 집중 취재

2017 모리토모 학원 국유지 매각 스캔들 취재
     가케 학원 사학 비리 스캔들 취재
     언론계 성폭력 피해자 인터뷰 및 집중 보도
     스가 관방장관 정례회견 참석

1장
___

기자를
꿈꾸다

PRESS

연극에 빠지다

초등학교 졸업 문집을 다시 읽어보면 지금도 얼굴이 빨개진다. 다른 친구들은 중학교라는 인생의 새로운 여정을 앞두고 마음속 깊은 이야기를 적어 냈는데, 나는 창피한 줄도 모르고 이렇게 써냈다.

"나는 배우가 될 거야!"

약 30여 년 전의 일이지만 나는 그때 꽤 진심이었다.

사이타마埼玉현 경계선 근처인 도쿄도 네리마구 미나미오이즈미東京都 練馬区 南大泉에서 나고 자랐다. 초등학교 3학년 무렵 엄마 손에 이끌려 아동극 교실에 참여했다가 4학년 때는 구청에서 주관하는 네리마 아동극단에 입단했다. 나도 모르는 사이 연극에 깊이 빠져들었다.

일주일에 한 번 있던 극단 연습은 정말 재미있었다. 1년에 한 번 있는 발표회를 위해 발성, 대사, 감정 연기를 2~3시간씩 연습했다. 발표회는 약 600명을 수용하는 네리마 문화센터 안의 작은 홀에서 열렸다. 노래와 무용을 여러 번 리허설하면서 나름대로 열심히 준비했다.

가장 기억에 남는 것은 6학년 때 했던 공연이다. 극명은 〈애니ァニー〉*. 이 연극에서 주인공을 맡았다. 3~4개월을 준비하며 여름방학에는 3박 4일간의 합숙 훈련도 받았다. 공연 날이 다가오자 연습에도 열기가 더해갔다.

생사도 알 수 없는 부모님을 찾으러 시설을 탈출했다가 경찰에게 들켜 다시 끌려오기도 하고, 대부호인 '올리버 워벅스'의 눈에 들어 그의 저택에서 휴가를 보내기도 하고, 백악관 각료들 앞에서 희망을 잃지 않겠다고 외치는 등 도드라지는 이야기가 매력적인 연극이었다.

* 해롤드 그레이Harold Grey의 신문 연재만화인 『작은 고아 애니Little Orphan Annie』를 원작으로 제작된 브로드웨이 뮤지컬이다. 대본은 토머스 미핸Thomas Meehan이 썼고, 음악은 찰스 스트라우스Charles Strouse가 작곡했다.

〈애니〉는 주인공의 독창으로 막이 열린다. 독창이 많다 보니 잘해낼 수 있을까 하는 마음에 걱정되고 불안했다. 그럴 때마다 '이왕 맡은 거 제대로 해내겠어!' 하고 마음을 다잡으며 연습에 열중했다.

드디어 다가온 공연 날. 홀이 꽉 찰 정도로 많은 친구들이 나를 보러 와주었다.

막이 열리는 순간,

"어쩌면~ 가까운 동네 어딘가에 아빠와 엄마가 살아 계실 거야~"

힘차게 시작했는데 하필이면 도중에 가사를 새까맣게 잊어버리고 말았다. 그렇게 열심히 연습했는데…. 머릿속이 백지장이 된다는 말이 바로 이런 거구나 싶을 정도로 아무것도 생각나지 않았다. 어떻게 허둥지둥 마무리 짓기는 했지만 보고 있던 사람들 모두 엄청나게 조마조마했을 것이다.

엄마와 다녔던 소극장

연극에 빠지게 된 건 엄마 덕분이다. 결혼 후 보육사와 전화교환원, 유적 발굴 조사 등 쉬지 않고 일하며 가계를 도왔던 엄마는 오빠, 나, 남동생까지 세 아이를 낳고 무대의 세계에 빠져들었다. 원체 공연 관람을 좋아하다 보니 자연스레 직접 연기를 해보고 싶어 했고, 그렇게 작은 극단에 들어갔다.

엄마는 일을 마치고 돌아와 가족들의 저녁을 차려 두고 7시 무렵 집을 나섰다. 다른 단원들도 낮에는 일을 하다 보니 모두 모여 연습할 수 있는 시간은 저녁밖에 없었다.

연습이 끝나고 자정이 넘어서야 집에 들어오는 날이 많았다. 늘 엄마가 돌아오기 전에 먼저 잠들었던 나는 교환일기를 쓰며 못다 한 이야기를 나누곤 했다. 연극을 하던, 내 기억 속 엄마는 정말 행복해 보였다.

1980년대는 소극장에서 연극이 꽃을 피우던 시대이다. 엄마도 소극장 붐에 열광하던 한 사람으로서 당신이 경험한 경이로운 세계를 내게도 보여주고 싶어 하신 것 같다.

초등학교에 들어가고 나서 많게는 일주일에 2~3편의 연극을 보러 다녔다. 주로 소극장에 오른 극단 '푸른 새', '꿈의 유민사遊眠社', '검은 텐트'의 연극을 봤다.

소극장에서는 배우와 관객 사이의 일체감이 커진다. 덕분에 아이들이 이해하기 어려운 각본이라도 비교적 진입 장벽 없이 관람할 수 있다. 무대 위 배우와 관객이 함께 울고 웃는 소극장의 공기가 너무나도 좋았다.

극단 푸른 새가 공연한 〈신데렐라… 미소 된장에 못 하나를ぬか床にひとつ釘を〉에는 여성 배우들만 등장한다. 갑자기 사라진 데쓰코哲子와 그를 찾아 떠나는 친구 다카코考子의 여행을 통해 평범한 일상에서 무언가를 기다리고, 추구하고, 찾아 나서는 것의 의미를 묻는 작품이다. 철학적인 대사도 좋았지만, 멋지고 아름다운 의상과 춤은 몇 번을 봐도 질리지 않았다. 연극을 볼 때마다 공상 세계로 푹 빨려 들어가는 느낌이었다.

오빠나 남동생이 함께했던 기억은 거의 없다. 아마 엄마는 우리 중에서 특히 내가 연극의 길을 걷기를 바라셨던 것 같다.

"무대만큼 재미있는 것은 없어. 좀 더 일찍 깨달았더라면…."

엄마는 자주 이렇게 말했다.

아이러니하게도 함께 연극을 보러 다니지 않았던 남동생이 극단 '사계'를 거쳐 자기만의 극단을 만들었다. 지금은 여러 무대의 각본을 쓰고 연출을 맡고 있다.

연극을 보면 무대 위의 긴장감과 열기가 그대로 전해져 온다. 함께 땀 흘리고 울고 웃으며 무대를 체감하면서, 나도 무대에서 연기하고 싶다는 꿈을 갖게 됐다. 거기다 졸업 문집을 썼던 당시에는 연극을 주제로 한 만화『유리가면ガラスの仮面』에 푹 빠져 있었다. 배우를 꿈꿨던 것은 어떻게 보면 매우 자연스러운 일이었다.

내 인생을 바꾼 한 권의 책

나는 동네에 있는 국립 도쿄학예대학교 부속 오이즈미소학교를 다녔고 같은 계열의 도쿄학예대학교 부속 오이즈미중학교에 진학했다.

연극에 대한 욕심은 점점 더 커져서, 중학교 2학년 때는 '배협(도쿄 배우생활협동조합)'이라는 연예 기획사에 무려 우등생으로 들어가게 됐다. 당시 친구들은 내가 배우의 길을 걸을 거라고 생각했지만, 내 인생을 바꿀 새로운 만남은 그 이후에 찾아왔다.

"이소코! 이거 읽어봐."

어느 날 엄마가 무심코 책 한 권을 건네주셨다. 『남아공, 아파르트헤이트 공화국南ア・アパルトヘイト共和国』이라는 책을 읽고 할 말을 잃은 채 푹 빠져들었다.

이 책은 포토저널리스트 요시다 루이코吉田ルイ子 씨의 저서로 '아파르트헤이트Apartheid'라 불리는 인종격리정책이 합법적으로 추진되던 남아프리카공화국의 일상을 사진과 글로 담아낸 책이다. 백인이 아닌 사람은 택시를 탈 수 없고 인종마다 물을 마시는 장소까지 구분된다는 남아공의 현실은, 평화로운 일상을 보내고 있던 나로서는 상상할 수 없는 일이었다.

저자는 흑인과 백인의 분리가 당연시되고, 사람이 사람으로 취급받지 못하는 이국땅의 현실을 극명하고도 담담하게 담아냈다. 남아공에서는 제2차세계대전 이후 이러한 차별이 계속되어왔다고 한다. 엄마도 충격을 받고 내게 이 책을 권해주신 것이다.

"항상 네 주위뿐만 아니라 세계 곳곳에서 무슨 일이 일어나고 있는지 관심을 가지렴."

엄마는 주로 세계의 빈곤과 불평등에 대한 서적이나 방송프로그램을 추천해주셨다. 책을 읽으니 저자인 요시다 씨에 대해 더 많이 알고 싶어졌다.

그는 게이오대학교 법학부 정치학과를 졸업하고 NHK 직원, 아사히방송 아나운서로 일하다가 미국 명문 대학교로 유학을 떠났다. 그 후 뉴욕에서 10년간 머무르며 사진 실력을 키웠다. 당시 할렘에서 촬영한 사진이 높은 평가를 받아 공익광고상을 수상하기도 했다.

요시다 씨는 아파르트헤이트가 실시되고 있던 남아프리카공화국에 발을 들인 최초의 일본인 포토저널리스트였다. 그가 찍은 사진을 보면 눈앞의 진실을 전하는 당당함과 '이 현실을 일본에 전해야 한다'라는 사명감이 오롯이 느껴졌다.

내가 요시다 씨의 책을 읽고 충격을 받은 것을 알고 엄마도 이것저것 알아봐주셨다. 요시다 씨가 아파르트헤이트로 고통받아온 아이들을 일본에 초청하여 도쿄에서 뮤지컬을 주최한다는 소식을 듣고, 곧바로 엄마와 함께 뮤지컬이 열리는 시부야의 극장으로 갔다.

공연이 끝난 후 요시다 씨가 직접 관객석으로 나와서 사람들과 대화를 나누었다. 엄마가 내 손을 잡고 요시다 씨에게 데리고 가주었다.

어떤 분일까. 두근거리는 마음으로 다가갔는데, 우선 몸집이 작아서 깜짝 놀랐다. 나도 작은 편인데 요시다 씨는 나랑 비슷하거나 더 작아 보였다. 그 작은 몸에서 강력한 에너지를 내뿜고 있었다.

흥분된 마음으로 악수를 나누었다. 오른손이 저릴 만큼 뜨거운 무언가가 전해져 왔다. 나도 요시다 씨처럼 세계를 누비며 사회의 모순을 있는 그대로 전하며 살아갈 수 있다면. 나도 모르는 사이 새로운 꿈을 갖게 되었다.

물론 연극도 재미있었다. 다만 그날 이후, 내 안에서 조금씩 연기를 통해 무언가를 전하는 것보다 아파르트헤이트를 비롯한 현실 속 사건들을 응시하고 그것을 전달하는 일을 하고 싶다는 마음이 싹트기 시작했다. 어린 나이부터 연기를 시작해서 조금씩 지쳐가던 때이기도 했다.

그러던 중, 고등학교 진학 시기를 맞았다. 1지망은 동일 계열의 도쿄학예대학교 부속고등학교. 진학하기 위해서는 시험공부를 해야만 했다. 같은 계열의 중학교여도 전교생의 4분의 1 정도만 진학할 수 있기 때문이다. 필사적으로 공부한 끝에 합격할 수 있었다.

입학하자마자 선택의 기로에 섰다. 배협에서 본격적인 연기 활동을 시작한다면, 당장 방과 후 활동도 마음대로 참여할 수 없다. 고민 끝에 배협 활동을 그만두기로 했다. 우등생 제안까지 해주었던 곳이라 결정하기 쉽지 않았지만, 일단 정하고 나니 미련이 남지는 않았다. 혹독한 시험공부 끝에 맞이한 고등학교 생활을 즐기고 싶었고, 무엇보다 요시다 씨처럼 세계를 누비는 저널리스트가 되고 싶다는 생각이 점점 커져갔기 때문이다.

선배 기자 아버지의 말씀

아버지께서 툭 던진 말씀도 큰 힘이 되었다. 아버지는 술을 드실 때 빼고는 과묵하고 조용하셨다. 내가 하는 일에 간섭하는 편도 아니었고, 어릴 적이나 지금이나 묵묵히 지켜봐주시고 멀리서 응원해주신다.

아버지는 업계지 기자로 오랫동안 일해왔다. 나중에 들

기로는 기자가 되기까지 우여곡절이 많았다고 한다. 우수한 성적으로 도립고등학교에 입학했지만, 곧 학생운동의 길로 빠지셨다. 이 이야기를 들은 선배나 동료들은 "너희 아버지 맞으시네!"라며 웃고는 한다.

뜨거운 학생 시절을 보내느라 공부와는 거리가 멀었다. 한 사립대학교에 예비로 합격했지만, 예비 합격자는 별도 입학금으로 10만 엔을 내야 한다는 말을 듣고 분노하여 그 자리에서 서류를 찢어버리셨단다. 아무 실력도 자신도 없으면서 돌연 카메라 전문학교에 진학하셨다.

학교에는 영화감독 사이 요이치崔洋一 씨를 비롯한 개성 있는 학우들이 넘쳐났다. 만년까지 연락하고 지냈던 학우들에게 아버지는 항상 '엷게 굽기'라 불렸다.

"당시에는 직접 사진을 현상했는데 내가 구운 사진은 항상 엷게 구워졌어. 제대로 구운 적이 없어서 '엷게 굽기'라 불렸단다."

졸업 후 카메라맨을 꿈꿨지만 재능이 없다는 걸 깨닫고 입사한 지 얼마 되지 않아 직장을 옮기셨다.

1949년 태어난 단카이 세대*인 아버지는 여행지에서 한 살 연상인 엄마를 만났다. 엄마는 고등학교 졸업 후 작은 출판사에서 일하다가 전국 종단 여행을 떠나기 위해 일을 그만두었다. 그렇게 떠난 여행 중 우연히 탔던 배에서 아버지를 만나 결혼까지 골인한 것이다.

싸울수록 사이가 좋다고 했던가. 아버지 어머니 모두 성격이 거친 편이라 무슨 일이 있을 때마다 격렬하게 부부 싸움을 하던 광경이 기억 속에 남아 있다.

아버지는 내가 중학교 때인가 고등학교 때 처음으로 자신의 일을 돌아보면서 경험담을 들려주셨다.

"나는 중소기업 경영자나 현장 근로자들의 다양한 입장을 듣고 기사를 써왔어. 업계지의 일이 다 그렇지만, 중소기업 안에서 한 사회를 바라보는 일 같아서 나름대로 재미있었단다."

요시다 루이코 씨처럼 전 세계를 돌아다닌 건 아니지만 아버지는 기자로서 자신의 일을 좋아하셨다. 그런 아버지를 보면서 내 안에 싹트고 있던 기자에 대한 동경심은 더욱 커졌다.

• 1947년에서 1949년 사이에 태어난 일본의 베이비붐 세대를 가리킨다. 1970년대와 1980년대 일본의 고도성장을 이끌어냈다.

요시다 루이코 씨처럼 될 테야!

저널리스트가 되고 싶다는 생각을 키워가면서 대학 입시 준비를 시작했다. 시험공부에 몰두했던 중학교 시절 덕분에 다행히 내신 성적이 좋아서 게이오대학교에 추천을 받아 입학할 수 있었다.

나는 법학부 정치학과에 진학했다. 동경해왔던 요시다 씨의 직계 후배가 된 셈이다. 취직하기 전에 꼭 교환학생으로 뽑혀서 요시다 씨처럼 유학을 떠나겠다는 목표도 세웠다. 하지만 현실은 그리 녹록지 않았다.

대학 입시를 위한 공부를 따로 하지 않았던 탓일까? 주위 사람들보다 영어 능력이 현저히 뒤떨어졌다. 말하기도 듣기도 모두 엉망이었다. 유학을 가기 위해서는 학내 선발 시험을 통과해야 했는데, 이 상태로는 무리였다.

초조한 마음이 커져가던 중 'KESS'라는 동아리를 알게 됐다. 정식 명칭은 '게이오대학교 영어 학회Keio English Speaking Society'로, 머리문자를 따서 'KESS'라 불렀다.

KESS는 게이오대학교 창설자인 후쿠자와 유키치福澤諭吉의 아들인 후쿠자와 이치타로福澤一太郎를 명예 회장으로 추

대해 1893년 창설되었다. 무려 1세기가 넘는 역사를 지닌 유서 깊은 동아리이다. 영어를 일상적으로 사용하면서 토론이나 스피치를 하면, 동아리 활동도 즐기고 영어도 느는 일석이조의 효과가 있지 않을까 싶었다.

동아리 안에는 여러 개의 반이 있었다. 동아리 가입 전 잠깐 들렀던 드라마 반 오디션에서 연기를 했던 까닭에 나는 드라마 반에 배정됐다. 드라마 반에만 100여 명의 부원들이 있고, 소품과 조명 담당도 따로 있는 제법 체계를 갖춘 동아리였다.

나는 배우를 맡았다. 영어로 연기하면서 배역을 만들어가는 과정은 재미있었지만, 마냥 즐겁지만은 않았다. 드라마 반에서는 표현력을 키우는 게 무엇보다 중요했다.

1년 차 때는 〈신데렐라 왈츠〉를 공연했다. 세계적으로 유명한 동화 『신데렐라』의 코미디 버전으로, 나는 심술궂고 앙칼진 계모를 연기했다. 어린 시절 연출가에게 직접 배운 덕분에 표현력은 쉽게 늘었지만, 영어 능력 자체는 제자리걸음이었다.

여담이지만 공주에게 구두를 신겨주는 역할을 맡았던 사

람이 훗날 메이지 덴노天皇*의 현손으로 유명해진 법학부 동기 다케다 쓰네야스竹田恒泰 씨였다. 지금은 나와 정반대의 사상을 가진 사람이지만, 한 명의 동료로서 결혼식에 초대받기도 했다.

이게 내 토플 점수라고?

영어 실력은 그대로였지만 2학년이 되자 유학을 가고 싶은 마음은 점점 더 커졌다. 원하는 대로 졸업 후 기자가 된다 해도 국내에서 10년 이상 경력을 쌓아야만 해외 지국으로 부임할 수 있기 때문이다. 꼭 대학생 때 해외에서 생활하며 견문을 넓혀야 했다. 미국에서 공부하고 뉴욕에서 생활했던 요시다 씨를 따라 같은 길을 걷고 싶은 마음도 컸다.

곧바로 학내 선발 기준인 토플 시험부터 봤다. 그런데 점수가… 정말 충격이었다. 550점 이상을 받아야 하는데 한참 모자란 450점이 나왔다. 이래서는 유학은 꿈도 못 꿀 일

---

* 일본 황실의 대표이자 일본의 상징적 국가원수이다.

이다. 영어 공부를 소홀히 했던 것이 너무 후회되었다.

도대체 지난 1년 동안 무엇을 한 걸까. 이제는 진짜 정신 차리고 공부해야 한다. 그렇게 다짐한 순간, 공연 이후 잠시 멀리했던 KESS로부터 연락이 왔다. 다시 드라마 반에서 활동해줄 수 없냐는 전화였다. 제안은 고마웠지만 거절했다. 영어에 내 모든 걸 걸고 정면 승부를 펼치기로 했다.

특히 듣기 능력이 뒤떨어졌다. 케이블 TV는 물론이고 요즘처럼 인터넷도 발달하지 않았던 시절, 수업이 끝나고 집으로 돌아와 3~4시간 동안 라디오만 들었다. 주로 AM 810kHz에서 방송되는 미군 기지 관계자와 그 가족들을 위한 'FEN^Far East Network (극동방송망)'* 채널 프로그램을 들었다. 최대한 들리는 대로 본토 발음을 머릿속에 집어넣으려 했다. 라디오 디제이계의 1인자이자 완벽한 영어를 구사하는 고바야시 가쓰야小林克也 씨가 초등학생 시절 이 채널을 챙겨 들었다는 이야기를 그의 책에서 읽은 적이 있다.

처음에는 스피커에서 흘러나오는 영어가 마치 샤워하는 소리처럼 들렸다. 분명 하나하나의 단어인데 전부 연결된

---

* 지금은 'AFN^American Forces Network(미군방송망)'으로 명칭을 변경했다.

것만 같았고, 당연히 내용도 이해할 수 없었다. 이렇게 한다고 영어가 들릴까. 정말이지 몇 번이고 포기하고 싶었다.

그렇게 1년이 지나고 2년쯤 되자 들리는 단어를 조합해 겨우 의미를 파악할 수 있는 수준이 되었다. 토플 점수도 조금씩 올라 3학년 때 550점을 돌파했고, 4학년 봄이 되어서야 대학 내 선발시험에 합격할 수 있었다.

곧바로 유학을 간 건 아니었다. 일본을 떠난 것은 그로부터 약 1년 후. 당시는 '취직 빙하기'라고 불리던 시대였다. 동기들이 열심히 취직 활동을 하던 때 나는 일찌감치 졸업을 유예留年했다. 친구들이 하나둘 졸업하며 사회인이 되던 1998년 4월, 남반구에 있는 오스트레일리아로 떠났다.

유학 생활 중 크게 다치다

게이오대학교의 자매 학교인 멜버른대학교에서 공부했다. 대자연으로 둘러싸인 넓은 캠퍼스. 시내에는 전차가 레일 위를 달리고, 교회들이 쭉 늘어서 있다. 이국적인 거리와 대학교 외관을 보며 외국에 왔다는 걸 실감했다.

드디어 시작되는 외국에서의 생활! 기분이 붕 떠 있던 나는 도착하자마자 사고를 쳤다. 유학생 전용 국제 기숙사 근처에 있는 테니스장에서 기운 넘치게 몸을 움직이다가 발목을 삐었다. 단순 염좌였지만, 증상이 꽤 심각해서 1주일 정도 목발을 짚고 다녀야 했다.

이어서 참가한 어느 파티에서 오스트레일리아 대륙을 종단할 수 있는 여행권에 당첨되었다. 잔뜩 신난 채 도착한 다윈Darwin에서 머리를 크게 다치고 말았다.

오스트레일리아 최북단에 위치한 다윈에는 관광객 사이에서 다이빙을 즐길 수 있기로 유명한 호수가 있다. 내가 막 도착했을 때, 한 독일인 관광객이 10미터 높이에서 환호성을 지르며 뛰어내리고 있었다. 나는 10미터는 너무 높은 듯하여 5미터 높이의 바위에서 다이빙했는데, 점프하기 직전 발이 미끄러져 굴러떨어지고 말았다. 호수 앞에 있던 바위에 머리를 부딪혔다.

떨어지는 순간에는 이렇게 죽는 건가 싶었는데 머리를 부딪히자마자 너무 아프고 얼얼해서 아무것도 생각나지 않았다. 손을 대보니 끈적한 피가 묻어 나왔다. 주위에 있던 사람들이 모두 몰려와 나를 호수 밖으로 끌어냈다.

이마 오른쪽이 많이 찢어져서 봉합 수술을 받아야 했다. 2주간 입원하며 목에 깁스를 단단히 고정한 채 절대 안정을 취했다. 의사는 이렇게 말했다.

"정말 운이 좋으셨습니다. 다행히 척추에는 별 이상이 없습니다."

이 추락 사고는 제법 이슈가 되어 다윈 지역신문의 1면을 장식하기도 했다.

"돌아올 때는 목발 짚지 말고 오기야!"

기숙사 친구들은 이렇게 말하면서 날 배웅했었다. 지금 생각해보면 목발을 짚고 여행을 떠나서 다이빙을 한 나도 참 어지간하다.

예정보다 빨리 돌아왔을 뿐 아니라 머리에는 붕대를, 목에는 깁스를 했다. 애처로운 내 모습을 보고 마중을 나와준 친구들이 모두 "괜찮아?" 하고 걱정하면서도 웃음을 참지 못했다.

지금도 그 상처가 남아 있다. 평소에는 머리카락으로 가리고 다니지만, 각도에 따라 원형탈모증처럼 보이기도 한다. 우연히 머리의 상처를 보게 되는 친구나 동료 기자들은 묘한 표정을 지으며 동정 어린 말을 건네곤 한다.

"모치즈키… 고생이 많구나."

"저렇게 보여도 역시 섬세한 데가 있어. 너무 무리하지 마."

올해 들어 이런 말을 하는 사람이 갑자기 많아졌는데, 사정을 설명하면 "역시 너다워"라면서 깔깔 웃는다.

대학 세미나에서 느낀 핵억지 이론의 마초스러움

멜버른대학교에서는 페미니즘을 배우고 싶었다. 3학년 9월 학기에 게이오대학교의 '아카기 간지赤木完爾 연구회'라는 세미나에서 공부한 적이 있다. 원래대로라면 3학년 4월부터 시작되지만, 법학부 아카기 간지 조교수(현재는 교수)가 유학 중이었던 관계로 9월부터 세미나가 시작됐다. 유학을 가기 위해 6개월간 필사적으로 영어 공부에 몰두한 덕분에 다행히도 세미나에 들어갈 수 있었다.

방위청 방위연구소˚에서 전사부戰史部 교관을 역임했던 아카기 조교수의 주도로 논의가 이루어졌다.

˚ 방위청은 2007년 방위성으로 개편되었다. 방위연구소는 방위성의 싱크탱크
이자 자위대 고위 간부 육성을 위한 교육기관이다.

세미나에서 나누었던 이야기들은 현대 국제정치나 안전보장연구 측면에서 볼 때 너무 마초적으로 느껴졌다. 특히 안전보장연구는 어느 정도의 무력이나 군사력이 있어야만 국가 간 균형을 유지할 수 있다는 핵억지 이론nuclear deterrent theory을 전제하고 있었다. 여름방학이 되자 세미나 동기는 일반인에게 개방되던 방위청 군사훈련에 참가하기도 했다.

학생운동에 빠졌던 아버지에 대한 약간의 저항감도 있어서, 아버지만큼은 편향되지 말아야지 하는 생각을 늘 갖고 있었다. 하지만 그렇다고 해서 아카기 간지 연구회의 입장에 동의할 수는 없었다. 이러니저러니 해도 뿌리부터 아버지를 닮은 건지도 모르겠다. 동기들은 안전보장을 주제로 졸업 논문을 쓰는 경우가 많았지만, 나는 인도의 교육정책에 대해 썼다.

이 일을 계기로 오스트레일리아로 떠나기 전부터 페미니즘과 젠더학에 관심을 갖기 시작했다. 자연스레 멜버른대학교에서도 페미니즘 연구회에 참가했다. 일본과는 분위기가 완전 딴판이었다. 말 그대로 싸우는 학문이라고 느껴질 만큼, 세계 여성들이 모여 논의하고 공부하는 활기찬 분위기에 압도되었던 기억이 지금도 선명하다.

귀국일이 다가오자 졸업 후 무슨 일을 해야 할지 머릿속이 복잡해졌다. 한때는 대학원에 진학하여 페미니즘 연구를 계속하고 싶기도 했지만, 해가 바뀌고 1999년이 되자 고등학교 때부터 가슴에 품어왔던 저널리스트로서의 첫걸음을 하루빨리 내딛고 싶다는 생각이 더욱 커졌다.

기숙사는 자연에 둘러싸인 여유로운 곳이었다. 동료들과 공부하면서 멋진 시간들을 보냈지만, 밤 9시만 되어도 어두컴컴해지는 이곳에 괜히 서운한 마음이 들기도 했다. 사람들의 왕래가 끊이지 않고, 무수한 정보가 날아다니고, 네온 불빛이 사라지지 않는 도쿄라는 떠들썩한 도시에서 나고 자랐기 때문인지도 모르겠다. 이제 일본으로 돌아가 열심히 취직 준비를 해야겠다는 마음으로 귀국길에 올랐다.

필기시험에서 모두 떨어지다

이른 봄 일본으로 돌아오자마자 신문사나 방송국에서 일하는 대학교 선배들을 찾아 나섰다. 요즘처럼 휴대전화나

메일도 거의 쓰지 않았기 때문에 다짜고짜 전화를 걸어야
했다. 대부분의 선배들이 바쁜 와중에도 시간을 쪼개 만나
주었다.

마이니치신문에서 기자로 일하고 있던 사촌언니 모치즈
키 마키望月麻紀도 내 연락을 받아주었다. 두 번째 지국 근무
지였던 하카타博多에서의 취재 생활을 끝내고 도쿄로 돌아
온 직후, 언니는 이렇게 이야기했다.

"지금 당장이라도 하카타로 다시 돌아가고 싶어!"

경찰서 담당 취재는 괴로운 일도 많지만 정말 재미있는
일이라고 열정적으로 말해주었다. 저널리스트 중에서도 특
히 신문기자를 동경하는 마음이 점점 더 커졌다.

아울러 혼자서 취재를 해봐야겠다고 결심했다. 도쿄의
산야山谷 구역을 걸으며 그곳에 사는 사람들의 이야기를 들
어보기로 했다. 다이토구台東区와 아라카와구荒川区에 걸쳐
있는 산야 지구는 일용직 노동자가 모여드는 동네이다. 혼
자 걸어 다녀도 무섭지는 않았다. 여러 소리에 귀 기울이며
사람들이 안고 있는 쓸쓸함을 느꼈다.

그들은 스스로에게 문제가 있기 때문에 지금과 같은 상
황에 내몰린 거라고 말했다. 헤어지면서 떨어져 살게 된 가

족들을 만나고 싶다고 털어놓는 사람이 있는가 하면, 자식들 이야기를 그리운 듯 들려주는 사람도 있었다. 국가 또는 제도가 이들을 도울 수 있지 않을까? 대학교를 다닌 지 6년째, 내 마음속에 그런 생각들이 어렴풋이 솟아올랐다.

드디어 취직 활동의 막이 올랐다. 선배들은 이구동성으로 이렇게 충고해주었다.

"재능이 있으니까 면접은 문제없을 거야. 필기시험만 통과하면 돼."

하지만 현실은 그리 달콤하지 않았다. 나를 기다리고 있던 것은 연전연패의 나날이었다.

언론사 입사시험은 전국구 대형 신문사부터 시작된다. 요미우리신문読売新聞, 아사히신문朝日新聞, 니혼게이자이신문日本経済新聞은 1차 필기시험에서 후두둑 떨어져서 2차 면접시험은 가보지도 못했다. NHK는 1차 면접시험에는 합격했지만, 2차 필기시험에서 떨어지고 말았다.

떨어졌다고 풀 죽어 있을 수는 없었다. 이번에는 지역 신문사에 도전했다. 지방지 기자여도 열심히 일하면 전국지로 발탁되는 일이 많다고 들었다. 기자로서 대선배인 아버지도 내게 이런 말씀을 자주 해주셨다.

"전국지에 떨어졌다고 해서 크게 상심하지는 말아라. 경쟁률이 워낙 높으니까 말이야. 어디라도 일단 들어가기만 하면 되지 않겠니?"

그때 민방 방송국 입사 시험도 함께 치렀다. 니혼TV와 후지TV의 필기시험을 통과한 후 응시한 면접시험에서 "보도를 하고 싶습니다"라고 어필했지만, 늘 이런 반응이 되돌아왔다.

"방송국에서는 영업이나 제작 부서에 배치되는 경우가 많아서 보도를 맡더라도 계속할 수는 없을 겁니다. 그렇게 보도가 하고 싶으면 신문사에 가는 게 어때요?"

두 방송국 모두 최종 면접에 가기 전에 떨어졌다. 그래도 덕분에 같은 보도라고 해도 신문사와 방송국은 다르다는 사실을 알게되었다.

지방지 중에는 홋카이도신문北海道新聞과 도쿄신문의 움직임이 빨랐다. 도쿄신문은 정확하게 말하면 주니치신문 도쿄 본사가 발행하는 간토 지방 및 도쿄도의 지방지이지만, 전국적인 뉴스도 게재한다. 홋카이도신문과 도쿄신문 모두 필기시험에 합격하였고, 도쿄신문의 경우 도쿄 본사

1장 기자를 꿈꾸다

면접을 거쳐 주니치신문 본사가 있는 아이치현 나고야시愛知県 名古屋市에서 최종 면접을 치렀다. 홋카이도신문의 마지막 면접을 마치고 합격 소식을 손꼽아 기다리고 있을 때, 도쿄신문으로부터 합격 연락을 받았다. 나의 길고 긴 취직 활동이 막을 내리는 순간이었다.

신문 배달하는 신입 사원

2000년 4월. 곧바로 대학교에 들어간 친구들보다 2년 늦게 사회인이 된 나는 주니치신문 도쿄 본사에서 그토록 동경해왔던 신문기자의 길을 걷기 시작했다.

일반 기업과 마찬가지로 신문사에도 신입 사원 연수가 있다. 나는 주니치신문 나고야 본사에서 5개월 정도 수습 기자로 일했다. 사회부나 스포츠부, 사진부 등에서 기사 작성법이나 사진 촬영법을 포함한 기초 업무를 배웠다.

연수 기간 중 가장 독특했던 활동은 실제로 신문을 배달하는 것이었다. 아이치현 내의 주니치신문 판매 지국에 한 달 동안 거주하면서, 인쇄된 신문이 독자에게 배달되기까지 모든 과정을 경험했다. 인쇄소에서 막 도착한 신문 하나 하나에 광고지를 끼워 넣어 원동기 오토바이나 자전거에 싣고 각자 담당 구역을 돈다. 비가 내리든 어떻든 상관없다. 기다리고 있을 독자들에게 감사의 마음을 담아 늦지 않게 배달한다.

담당 판매 지국에 따라 일하는 방식도 천차만별이었나 보다. 나는 상냥한 노년 부부가 운영하던 가스가이春日井 시내의 한 판매점에서 석간신문만 배달했다. 주인 부부는 독립해서 집을 떠나 있는 아이들이 사용하던 정갈한 방과 침대를 마련해 주셨고, 매일 세 끼를 직접 챙겨주셨다. 5개월쯤 되던 때에는 체중이 조금 불어났을 정도였다.

연수가 끝나고 동기들을 만났더니 남자 사원들 대부분 홀쭉해져 있었다. 이야기를 들어보니 매일 조간과 석간을 모두 배달하고 합숙을 하기도 하면서 밤낮을 가리지 않는 강도 높은 훈련을 받았다고 한다. 내 이야기를 듣고는 이구동성으로 "말도 안 돼. 석간만 배달했다고?"라며 부러워했다.

연수를 모두 마친 8월 하순, 드디어 근무지가 정해졌다.

나는 지바千葉지국에 배정되었다. 때마침 막 이사도 끝낸 참이었다. 이제부터 시작이다! 설레는 마음을 안고 지국으로 향했다.

그때까지는 꿈에도 몰랐다. 취재지에서 뜻하지 않게 대성통곡을 하게 될 줄은.

기자가 되고 밀려든 후회

2000년 9월 1일 오후 석간 마감을 끝낸 직후였다. 동거하던 양어머니를 살해하고 지바현 교난마치鋸南町 노코기리산鋸山 산중에 시신을 유기한 혐의로, 이미 다른 범죄로 체포되어 있던 전 신문 판매소 영업 사원이 요쓰카이도四街道 경찰서 수사본부에 다시 체포되었다.

캡˙은 요쓰카이도 시내에 살고 있는 피해자 유족을 찾아가서 용의자 체포에 관한 인터뷰를 따 오라고 지시했다. 서둘러 회사 차량을 타고 현장으로 향하기는 했지만, 나는 지

˙ 사건팀 지휘 기자를 뜻하는 기자들의 은어.

역 지리를 전혀 몰랐다. 내비게이션도 없었고, 운전하면서 지도를 보는 일도 맘처럼 쉽지 않았다. 30분 정도면 도착할 수 있는 곳을 2시간 가까이 헤맸다. 간신히 공중전화를 찾아서 지국에 전화를 걸었다.

"너 도대체 어디 있었어? 아직도 도착하지 않은 거야?"

나도 열심히 가고 있다고! 속마음을 감춘 채 간신히 목적지에 다다랐다. 다른 기자는 아무도 없었다. 이미 인터뷰를 마치고 돌아갔을 것이다.

황급히 유족들이 살고 있는 아파트 계단을 뛰어 올라가 초인종을 눌렀다. 고령의 피해자 동생이 문을 열어주었다. 소속과 이름을 밝히고 주뼛주뼛 용건을 이야기하자, 동생 대신 나타난 남편이 쥐어짜내듯 이렇게 말했다.

"죄송합니다. 더는 하고 싶은 말이 없습니다."

기어들어 가는 목소리였다. 얼마나 많은 기자들에게 시달렸을까. 슬픔을 주체하지 못하는 표정이었다.

차마 그 이상의 질문을 이어갈 수 없었다. 유족분들의 기분이 고스란히 나에게 전해져 왔다. 조금 떨어진 곳에 있던 공중전화로 가서 다시 지국에 전화를 걸었다.

"이런 딱한 상황에서 더는 취재 못 하겠습니다."

수화기 저편에서 애써 침착하려는 캡의 목소리가 들려왔다.

"그러면 안 돼. 한 번 더 가서 듣고 와!"

저녁 무렵이 다 되어가던 더운 날이었다. 매미가 시끄럽게 울어댔다. 전화를 끊고 무거운 발걸음으로 자동차로 돌아와 있는 힘껏 문을 닫았다. 한없이 눈물이 흘렀다.

이 사건의 용의자는 1998년 피해자와 양자의 인연을 맺었다. 둘은 지인의 소개로 알게 되었고, 피해자는 용의자보다 열두 살이 많았다. 1,000만 엔이 넘는 빚을 진 사실을 알고 꾸짖자, 용의자는 피해자의 목을 조른 후 돌로 머리를 내리쳐서 살해했다. 시신은 노코기리산 잡목림 사이에 버렸다. 발견 당시 시신은 이미 백골이 된 상태였다.

그 후 재판에서 피해자가 남긴 마지막 말도 알게 되었다.

"내가 왜 죽어야 하는 거니?"

피해자의 원통함을 생각하니 목이 메었다. 피해자의 마음을 독자에게 전달하기 위해서라도 유족의 인터뷰가 "죄송합니다. 더는 하고 싶은 말이 없습니다"여서는 안 된다고 생각했다.

한편으로는 상대가 싫어할 것이 뻔한 질문을 해서 이미

충분히 슬퍼하고 있는 사람에게 더 큰 상처를 주는 일을 왜 해야 하는지 허망한 생각이 들기도 했다.

지금 생각하면 왜 그런 일로 울었나 싶다. 하지만 갓 입사한 신참내기였던 나는, 늘 동경해왔던 신문기자라는 일과 부여된 업무 사이의 간극 앞에서 망연자실했다.

아무도 없고 소리도 새어 나가지 않는 차 안은 울기 좋은 장소이다. 시간이 지나자 눈물도 멈추고 조금씩 마음을 진정시킬 수 있었다. 대체 무슨 일을 하게 된 걸까 싶다가도 일단 시작한 일이니 멈출 수 없다고 마음을 다잡았다.

'인터뷰를 싣지 않으면 독자들에게 유족의 원통함은 전해지지 않아.'

기자라는 직업에 대한 체념과 절망, 그리고 사명감이 교차하는 순간이었다.

아파트를 나온 지 30분 정도 흘렀다. 다시 한 번 초인종을 눌렀다. 선배 기자는 문이 열리는 순간 발부리를 집어넣어 문을 닫지 못하도록 막으라고 조언해주었지만, 차마 그럴 수는 없었다. 마음을 다잡고 다시 한 번 용건을 전했다.

죄송한 마음으로 한 번 더 찾아온 신입 기자를 안쓰럽게 여기신 것 같다. 잠깐이었지만 취재에 응한 유족은 '이런다고 해서 피해자가 돌아오는 건 아니지만 그래도 범인이 체포되어 그나마 안심하고 있다'라는 말을 해주었다.

IC녹음기도 없던 시절, 볼펜으로 열심히 노트에 받아 적어 캡에게 전화로 보고했다. 글자 수나 지면의 크기로 보면 아주 적은 분량이었지만, 다음 날 조간지에 인터뷰가 실렸다.

"이게 바로 기자 일이네."

취재에 응해준 피해자 동생 부부의 표정을 떠올리면서 어딘가 납득이 된 듯한 기분이 들었다.

치마를 입고 하이힐을 신은 신문기자

도쿄신문 지바지국은 현청과 현경 본부, 지방검찰청, 지방재판소 등이 모여 있는 지바시 주오구 주오 3초메千葉市中央区中央3丁目 일대에 있다. 요미우리신문을 비롯하여 아사히신문, 산케이신문, 니혼게이자이신문의 지바총국과 지바지국도 근처에 있어서, 일단 사건이 터지면 같은 회사 동료보다 다른 회사 기자들과 시간을 보내는 경우가 많다.

신입 시절의 나를 되돌아보면 또다시 얼굴이 빨개진다. 어깨 패드가 들어간 보라색 슈트에 짧은 스커트 그리고 하이힐까지. 학생 시절 차림새로 출근해서 취재현장을 돌아다녔다. 그러던 어느 날 이런 말을 들었다.

"치마는 입지 않는 게 좋아요. 전봇대에 올라가야 될 수도 있으니까요."

"때로는 쓰레기 더미에 올라 사진을 찍는 경우도 있어. 힐을 신고서는 못 하겠지?"

이렇게 조언해주면서 기자로서의 마음가짐을 깨우쳐준 분은 전국지에서 일하는 남성 선배 기자였다. 지바뿐만 아니라 다른 지국에서도 회사라는 울타리를 넘어 타사 선배 기자들에게 훈련을 받는 경우가 많았다. 선배의 말을 들은 직후에는 '복장까지 지적하는구나…' 싶었지만 생각해보니 맞는 말이었다. 곧바로 움직이기 편한 복장으로 바꿨다.

신입을 포함한 지국 기자들의 본거지라고도 할 수 있는 경찰서 출입 취재를 할 때는 부서장을 만나는 경우가 많다. 경찰서의 홍보는 주로 부서장이 담당하고 있기 때문이다.

어느 경찰서의 부서장에게 이런 조언을 들었다.

"모치즈키, 아직 멀었네. 그 녀석을 보고 배워봐. 취재 방법부터 순회 방법까지, 너랑은 전혀 달라."

그 녀석이란 다름 아닌 내 복장에 대해 충고해주었던 선배 기자였다. 경찰관, 그것도 부서장급 간부가 칭찬하는 기자는 얼마나 대단한 사람일까. 나도 언젠가 그런 이야기를 듣는 기자가 되고 싶다고 생각했다.

용기를 내서 그 선배 기자에게 경찰서 출입 취재 노하우를 물었다. 선배는 긴밀한 유대감을 쌓아온 정보원까지 알려주지는 않았다. 그래도 이 사람이 키맨˙이라고 생각하면 망설이지 않고 밤낮없이 찾아간다는 가장 기초적인 취재 방법을 가르쳐주었다.

지바현에서 도쿄신문의 점유율은 그다지 높지 않았다. 경찰서를 돌면서 분한 생각이 든 적도 많다.

"특종을 주고 싶어도 도쿄신문이잖아. 지면에 실린다고 누가 읽기는 하는 거야?"

언젠가는 꼭 분한 마음을 되갚아주고 싶었다. 어떻게 하면 다른 신문에는 실리지 않는 기삿거리를 취재할 수 있을까, 막연하게 고민하는 것만으로도 답이 보이는 기분이었다.

˙ 중요한 정보를 지닌 핵심 취재원.

첫인상에서 느낀 못마땅함은 어느 틈엔가 사라졌고, 선배 같은 신문기자가 되고 싶다는 존경심을 품게 됐다. 그 선배 기자와 결혼하게 되리라고는 그때는 꿈에도 생각하지 못했지만.

경찰 간부와의 새벽 달리기

지바지국 신입 시절로 돌아가보자. 선배 기자의 조언을 듣고서 바로 나만의 취재원을 만드는 일에 집중했다.

목표는 현경 형사부 수사1과의 간부였던 A 씨였다. 여러 곳에서 A 씨에 대한 이야기를 듣던 중 '형사는 몸을 단련해야 한다'라는 신조를 갖고 매일 새벽 5시경 달리기를 한다는 사실을 알게 되었다. 이건 기회일지도 몰라. 나는 곧바로 운동화를 사서 그가 달리기를 한다는 공원 입구에서 기다렸다.

"좋은 아침입니다!"

가능한 한 상큼한 웃음을 띤 채 밝게 인사하면서 이른 아침 공원을 함께 달렸다.

이 무렵 밤을 새워가며 야간 순회를 돌거나, 늦은 시간까지 술자리가 이어지는 경우가 많았다. 때로는 새벽 2~3시에 경찰 간부의 전화를 받고 술을 마시러 나가기도 했다. 잠을 거의 자지 못해서 다리가 후들거려도 비 오는 날 외에는 매일 1시간씩 함께 달렸다.

가벼운 조깅 정도로 속도를 늦출 때에는 "오늘 회견 있으십니까?", "○○사건이 드디어 움직이기 시작했네요" 하며 몇 마디 건넸지만, 속도를 내서 뛸 때는 묵묵히 달리기만 했다. 간부의 습관을 몰라서인지 다른 기자는 한 명도 보이지 않았다.

함께 뛴 지 며칠이 지났을까. 어느 날 달리기가 끝나자 이렇게 말을 걸어왔다.

"아침 먹으러 같이 갈래요?"

자택에 처음 초대받아 가보니, 아내분이 손수 만든 요리가 3인분 준비되어 있었다. 처음부터 아침 식사에 초대할 생각이었나 보다. 내 노력이 조금은 통했던 거야. 후들거리면서 달리고 있다는 걸 알아준 걸까? 간부 부부의 따스한 정을 느낄 수 있었다. 함께 식사를 하던 중에 아침 일찍 달려온 다른 기자가 관사의 초인종을 누르는 일도 종종 있었다.

그 후에도 A 씨는 나를 귀여워했지만, 한편으로는 매우 균형 있는 분이기도 했다. 나에게만 힌트를 주는 것도 아니었고, 밤늦게 혹은 아침 일찍 달려온 다른 기자들에게도 마찬가지로 공평했다. 당연히 다른 신문과는 별 차이를 낼 수 없었다.

"모치즈키의 기삿거리는 모두 그 간부에게서 나온다."

타사 기자들에게 이런 말을 많이 들었지만, 사실 A 씨가 아닌 다른 취재원에게 독자적인 정보를 입수한 적이 더 많았다. A 씨가 내게 노골적으로 거짓말을 한 적도 있다. 밤낮없이 몸을 던져 노력하고 있는데 왜 성과가 따라주지 않는 걸까? 왜 다른 신문과 차이를 내지 못하는 걸까? 분하고 억울한 마음에 혼자 집이나 차 안에서 운 적도 셀 수 없이 많다.

다만 중요한 열쇠를 쥐었다고 생각하는 취재원에게 시간을 들이며 집요하게 파고들었던 이 시기의 과정은 이후 기자생활에 큰 도움이 되었다.

A 씨에게는 단 한 번 큰 폐를 끼친 적이 있다.

2001년 4월 7일, 세 살짜리 아이를 폭행해 사망에 이르게 한 부친, 계모, 조부와 조모, 증조부까지 총 다섯 명이 현경 수사1과와 기사라즈木更津 경찰서에 체포되는 충격적인 사건이 세상에 드러났다.

뇌장애를 앓다 그해 2월 사망한 아이는 부친이 데리고 온 자식이었다. 부친이 일하러 간 사이 온 가족이 때리고 차는 등 폭행을 가했다. 부친 외 네 명은 상해치사 등의 혐의로, 부친은 학대 사실을 알면서도 방치했다는 보호책임자 유기 혐의로 각각 체포되었다.

사건 취재를 뛰어나게 잘하는 요미우리신문은 체포 시점에 수사의 모든 흐름을 파악하고 있었다. 다섯 명의 피의자가 임의동행을 요구받았다는 정보도 사전에 입수하여 한 기자가 소데가우라袖ヶ浦 시내의 사건 현장에 미리 대기하고 있었다.

그렇게 요미우리신문의 특종이 될 뻔했는데, 나도 가까스로 정보를 입수하여 석간 마감 직전 현장에 도착했다. 긴장되고 흥분된 마음 탓에 흔들리기는 했지만 임의동행을 요구받는 사진도 찍을 수 있었다.

곧바로 A 씨에게 전화가 걸려왔다.

"어떻게 알고 간 거예요?"

"그게 중요한 게 아니에요! 제가 사진을 찍었다니까요!"

사실 정말 초기부터 이 사건의 용의자와 관련해서 A 씨의 속을 떠보고 있었다. 그러나 여느 때처럼 그는 어떤 것하나 가르쳐주지 않았다. 다른 경로를 통해 정보를 입수한후, 그 길로 소데가우라시까지 차를 몰아 가까스로 현장에도착할 수 있었다.

그는 매일 밤낮으로 속을 떠보던 나에게 조금은 미안했던 모양이다. 내가 절대 요미우리신문을 쫓아갈 수 없다고생각하고 위로의 뜻을 담아 전화를 걸었을 것이다.

이 상황을 납득하지 못한 것은 요미우리신문이었다. 다른 신문사에 정보가 유출되지 않도록 보안에 힘쓰며 특종을 낼 준비를 완벽하게 끝냈다고 생각했는데, 아사히신문이나 교도통신사도 아닌 하필이면 도쿄신문에 빼앗겼다는사실에 꽤나 자존심이 상한 듯 보였다.

모치즈키에게 정보를 흘린 것이 누구냐 하는 데 관심이집중됐다. 하필이면 현장이 살벌해진 그때, A 씨에게 전화가 걸려왔다. 나는 약간은 크고 연기하는 듯한 평소 목소리로 전화를 받았다. 현장에서 통화 내용을 들은 요미우리신문 기자들이 A 씨가 내게 정보를 주었다고 오해한 모양이다.

평소 A 씨에게 귀여움을 받았던 사실도 요미우리신문의

분노에 불을 지폈다. 요미우리신문의 캡이 현경 홍보과에 분노하며 쳐들어갔다고 한다.

"왜 도쿄신문만 편애하는 겁니까? 이게 차별이 아니면 뭡니까?"

여자를 좋아하는 간부라는 누명을 쓴 채, A 씨는 나에게 모든 걸 말해주고 있다는 엉뚱한 소문에 시달려야 했다.

"지금 당장 차에서 내려!"

지바에는 사건이 많았다. 한 달에 한 번은 대형 수사본부가 설치되는, 즉 살인사건이 발생했다. 앞서 말한 것처럼 요미우리신문은 경찰 관련 사건에 매우 강했고, 아사히신문은 뇌물공여나 선거법 위반 등 수사2과에서 관할하는 사건에 두각을 나타냈다.

나도 작은 스캔들 기사를 몇 번 쓴 적이 있다. 평소에 교류하던 경찰이라도 기사를 쓸 때는 빈틈없이 써야 하기 때문에 언제나 마음속으로는 선을 긋고 거리를 두었다. 문제가 있는 걸 문제가 있다고 했을 때, 경찰은 '그걸 왜 기사로 쓴 거야?' 하며 분노를 터트리는 경우가 많다. 그래도 잘못된 일을 세상에 밝히는 것은 경찰이라는 조직에도 분명 좋을 거라 믿으며 기사를 써왔다.

때로는 당국이 흘려보내는 이야기를 기사로 쓰는 경우도 있다. 중요한 건 누설leak은 누설이라는 것이다. 정보를 주는 의도가 있다는 점을 놓쳐서는 안 된다. 감추려고 하는 것을 찾아내서 세상에 밝히는 것. 지금까지도 변하지 않는 기자로서의 나의 과제이다.

이른바 특종을 다른 신문에 뺏기면 말로 표현할 수 없을 정도로 기분이 나쁘다. 그래서 조간이나 석간을 체크할 때는 언제나 손에 땀을 쥔다. 이른 아침 휴대전화가 울리는 것은 다름이 아니라 다른 신문에 뉴스를 빼앗겼을 때이다.

"아, 당했네, 당했어. 분하다…."

그럴 때는 몹시 괴로워하며 서둘러 현장이나 간부 자택으로 달려간다. 언론사에서는 현경 등 간부가 살고 있는 관사의 주소가 기록된 명부를 '야사쵸ヤサ帳'라 부른다. 물론 누구도 자기 주소를 직접 공표하지 않는다. 기자들이 독자

주소록이라는 의미이다.

적으로 조사하여 모아둔 일종의 재산 같은 것이다. 요미우리신문이나 아사히신문에는 계승되어 내려오는 야사쵸가 있다고 한다.

하지만 도쿄신문은 아무것도 없었다. 직접 부딪치며 취재하고 싶어서 야사쵸를 받고 싶다고 말하니 캡이 "어디에 있더라?" 하면서 사물함을 이리저리 뒤지는 광경을 보고 충격받은 적도 있다.

지바지국에 근무했던 약 2년 동안 수많은 관사 주소를 조사하여 나만의 야사쵸를 충실하게 만들었다. 도쿄신문 지바지국 역사상 이 정도로 사건 취재에 열정적인 기자는 없었다고 하니, 나는 확실히 이전에는 없던 캐릭터였나 보다.

태평스러운 분위기의 지바지국이었지만, 신문기자로서 강한 자부심을 가진 선배도 만났다. 가토 분加藤文 기자이다.

지국 생활 1년 차 무렵이었다. 도미사토시富里市에서 한 여성이 강간을 당한 후 살해된 사건이 벌어졌는데, 최초 발견자가 2층에서 자고 있던 어린아이였다. 정말 참혹한 사건이었다.

가토 선배와 차를 타고 현장으로 가고 있을 때의 일이다.

내 딴에는 신입 기자로서 말을 붙여본답시고 "여기를 이렇게 하면 조금 더 요령 있게, 합리적으로 취재할 수 있겠죠?"라고 운을 뗐다. 그 순간, 가토 선배가 급브레이크를 걸면서 갓길 한편에 차를 세웠다.

"너 지금 당장 차에서 내려!"

"네?"

"그건 아니지! 그런 마음가짐으로는 안 된다고! 취재는 훨씬 더 철저하게 하는 거야!"

오랜 편집부 근무를 마치고 지바지국에서 나리타 통신부를 책임지고 있던 가토 선배는 숨겨진 진실을 찾아내겠다는 열정이 들끓는 사람이었다. 나보다 일곱 살 정도 많았던가. 적당한 키에 탄탄한 체형으로, 코밑에 조금 기른 트레이드마크 수염 아래로 항상 담배 연기를 내뿜었다.

나는 재빨리 경솔한 말에 대해 사과드렸다. 그 후에도 다른 현장에서 선배의 뜨거운 열정을 확인할 수 있었다. 내 눈을 의심했을 정도로 강렬했던 그날의 기억은, 모리토모와 가케 스캔들을 뒤쫓고 있는 지금의 나를 지탱해주고 있다.

생각대로
부딪쳐가며

PRESS

무서운 기세로 경찰에게 따져 묻는 선배 기자

어딘가 익숙한 고함 소리가 이치하라市原 경찰서 부서장실 밖까지 들려왔다.

"왜 제대로 답변하시지 않는 겁니까? 이래서는 취재가 안 됩니다!"

탐문 취재를 마치고 돌아온 나는 도대체 무슨 일인가 싶어 황급히 부서장실로 들어섰다. 누가 봐도 부자연스러운 자세로 부서장이 서 있었다. 양발이 아주 약간 바닥 위로 떠오른 채 공중에 매달린 것처럼 보였다. 소파에 앉아서 질의응답을 하고 있었을 텐데… 왜 저러고 있는 거지?

이치하라 시청에서 농성 사건이 발생해 지국 기자들 모

두 취재에 쫓기던 무렵이었다. 시청 내의 상황을 전혀 이야기해주지 않는 부서장에게 바싹 다가서서 목덜미를 잡고 있는 사람은 우리 회사의 가토 분 선배였다. 이 책을 쓰면서 현장에 있던 다른 기자에게 확인해보니 선배가 목덜미를 잡은 건 아니었다고 한다.

당시 상황을 잘못 기억하고 있을 정도로 강렬한 모습이었다. 진실을 듣고야 말겠다는 굳은 의지가 담긴 목소리에 압도됐다. 가토 분 선배는 앞에서 "지금 당장 차에서 내려!"라고 소리친 그 선배 기자이다. 풍채 좋은 몸에서 나오는 고동치는 뜨거운 피를 이치하라 경찰서 부서장에게 쏘아대고 있었다.

2000년 가을, 이치하라 시청에서 농성 사건이 발생했다. 수사1과 특수반이 들어가 범인을 설득하던 중, 특별 수사본부가 설치된 이치하라 경찰서의 부서장이 언론 브리핑을 시작했다.

물론 공보 담당이라고 해서 모든 부서장이 매스컴 대응에 익숙한 것은 아니다. 하지만 경비 출신이었던 이치하라 경찰서 부서장은 사건 발생 후 모든 언론에 지나치게 딱딱하게 대응했고, 요령이 부족한 부분도 많았다. 더욱이 매스컴에 정보를 누설하지 않는 것이 최선이라 여기는 사고방식도 언뜻 엿보였다. 이치하라 경찰서 안에서 꼬박 하룻밤을 새운 기자들은 점점 짜증을 내기 시작했다.

농성 사건이 아직 진행 중이기 때문에 범인을 잡는 게 최우선인 것은 물론이고 정보가 제한되는 것도 이해할 수 있다. 하지만 부서장은 현장 상황을 포함한 그 어떤 이야기도 하지 않겠다는 대응으로 일관했다. 몇 번씩이나 질문해도 같은 말을 반복하자, 가토 기자가 더는 참지 못하고 소리친 것이었다.

"우리는 진심으로 묻고 있는데, 도대체 뭐 하자는 겁니까?"

그 선배에게 몇 번이고 혼난 적이 있는 나조차 부서장에게 덤벼들던 선배의 모습을 보면서 그때까지와는 또 다른 무서움을 느꼈다.

긴장감이 감돌기 시작했다. 다른 회사 기자들과 이치하라 경찰서 관계자를 포함해 부서장실에 있던 사람들 모두가 꽁꽁 묶인 것처럼 자리를 뜨지 못했다.

그 후 부서장은 자신의 대응이 서툴렀다는 걸 깨닫고 조금씩이나마 정보를 공개하기 시작했다. 사실을 알고자 하는 선배 기자의 열의가 결국 부서장을 움직인 것이다. 그때 그 광경을 보면서 기자의 긍지란 저런 것이구나, 뼈저리게 느꼈다.

거품경제 붕괴 후 취직 빙하기에 졸업한 우리들은 '잃어버린 세대lost generation'라고 불린다. 아버지처럼 학생 시절 대동단결하여 권력과 대치했던 단카이 세대의 넘치는 에너지가 우리 세대를 거쳐 완전히 사라졌다는 말을 자주 들었다. 그래도 다행히 신입 기자 시절에는 쇼와昭和 시대(1925~1989)의 활기찬 분위기를 물씬 풍겨주던 선배 기자들이 많았다.

몸도 작고 힘도 약한 나는 물리적으로 상대에게 덤비지는 못한다. 그래도 진심을 다해 정면으로 부딪치면, 좀처럼 이야기하려고 하지 않는 상대의 마음에 호소는 할 수 있다.

몇십 년 전 이치하라 경찰서 부서장실에서 겪었던 너무나도 선명하고 강렬한 이날의 경험은 지금까지도 내게 큰 영향을 미치고 있다.

눈앞의 사안에 얼마만큼 열의를 갖고 있는가

지바지국에서 나름대로 인맥을 만들며 기자라는 일이 드

디어 즐겁다고 느껴지던 무렵의 일이다. 평소 나를 높게 평가해주던 형사부 감식반 베테랑 수사원에게 이런 말을 들었다.

"머리가 얼마나 좋냐, 어느 회사에 다니느냐가 중요한 게 아니야. 나는 기자가 그 사안에 대해 얼마만큼 열정을 갖고 진지하게 임하고 있는지를 보고 정보를 이야기해줄 것인지 말 것인지 결정해."

수사기관에서 일하는 사람은 기본적으로 여러 가지 비밀을 엄수해야만 한다. 기자에게 해줄 수 없는 말이 대부분인 가운데, 진실을 알기 위해 미친 듯이 노력하고 있는 기자가 있다면 그들에게 어느 정도까지 이야기해줄 수 있는지를 고민한다.

기자가 밤낮을 가리지 않고 취재할 수 있는지의 여부는 눈앞의 사안에 얼마만큼 열의를 갖고 있느냐에 달려 있다. 나 역시 이를 끊임없이 되새기며 지바지국에서 요코하마지국, 사회부, 사이타마지국, 경제부에서 취재해왔다.

다시 사회부로 돌아온 지금도 그 생각에는 변함이 없다. 평일에는 매일 총리 관저를 찾아간다. 어떤 질문에도 '문제없다'를 연발하는 스가 관방장관의 정례회견에서도 항상 이 생각을 갖고 끊임없이 질문하고 있다.

뇌물공여 사건을 취재하다 경찰에게 탐문을 받다

당시 도쿄신문에서는 통상적으로 한 지국에 2년씩 근무했다. 2000년 8월 부임한 나는 2002년 여름까지 지바지국에 근무할 예정이었다. 그러던 중 미래를 위해 다양한 경험을 쌓으려면 행정을 취재하는 편이 좋다는 지국장의 조언을 들었다. 그렇게 2001년 가을부터 6개월간 시정市政을 담당하게 되었다.

솔직히 말하면 처음에는 재미를 느끼지 못했다. 현경에서 직접 사건을 추적하는 취재와 비교할 때 자극이 적었다고 할까. 그래서 매일 정해진 일을 열심히 처리하는 한편, 검사들의 야간 순회 취재도 맡게 되었다. 지국에 근무하면서 검찰을 도는 것은 흔한 일이 아니었다.

그때 마침 주간지 《선데이 마이니치》에서 가마가야鎌ケ谷시의 레크리에이션 시설 '상쾌한 플라자 가루이자와さわやかプラザ軽井沢' 지명경쟁입찰과 관련된 뇌물공여 의혹을 보도했다. 기사 자체는 크게 나지 않았지만 임팩트는 상당했다. 곧바로 지검 측을 취재한 끝에 단순한 뇌물공여가 아니라는 사실을 알아냈다. 가마가야시의 정계 인사, 그리고 그

위의 중앙 정계까지 연관되어 있을 가능성이 컸다.

"이노우에 유타카井上裕 참의원* 의장의 비서까지 연루되었을지도 모릅니다."

취재지에서 이런 말을 듣고 내 생각보다 훨씬 큰 사건 규모에 가슴이 벌렁거렸다. 취재를 통해 얻은 이야기를 바탕으로 선배 기자들과 회의를 거듭하며 사건 구도를 그리고 취재 대상을 좁혀나갔다. 모든 지국 기자들이 참가하는 취재 태세를 갖추었다.

수사1과 담당 사건의 경우 감식반이 조사한 물증에 집중하여 취재한다. 그렇다 보니 상당히 일방향적이다. 그에 비해 뇌물공여 계열 사건을 다루는 수사2과를 취재할 때는 훨씬 더 쌍방향으로 소통한다. 수사기관도 신문사나 기자로부터 정보를 얻어야 하니 마냥 문전박대할 수는 없다. 점점 더 재미가 붙었다.

이제부터는 기자가 얼마만큼 철저히 조사하는지가 관건이다. 입찰 이력 등의 자료를 철저하게 검토하고 관계자를 인터뷰해서 직접 신빙성 있는 의혹들을 세운 후, 검사에게

---

* 일본의 양원제 국회에서 중의원과 함께 국회를 구성하는 의원을 말한다. 참의원은 상원, 중의원은 하원에 해당한다.

실은 이런 것이 아니냐고 정면으로 묻는다.

가마가야시 부패 사건은 지바지검의 특별형사부(특형부)가 수사를 담당했다. 특형부는 용의자를 원활히 체포하기 위해 기자들의 방해를 받고 싶어 하지 않았다. 다만 어느 정도는 사건의 규모를 알리는 게 범인을 잡는 데 도움이 된다고 생각해서 조금씩 정보를 흘렸다. 우리는 그 정보를 새로운 실마리로 삼아 다음 취재 표적을 좁혀나갔다.

때로는 경찰도 필요한 정보를 얻기 위해 기자들에게 이것저것 물으며 슬쩍 속을 떠보기도 한다. 최종적으로 체포된 당시 가마가야 시장 미나카와 게이이치로皆川圭一郎 씨는 체포되기 전에 우리 신문과 인터뷰한 적이 있었다. 자신이 붙잡힐 거라고 생각하지 않았던 미나카와 시장은 지명경쟁입찰에 관해 여러 이야기를 털어놨다. 인터뷰 당시 담배를 피우는 등 여유로운 태도를 보였는데, 사건의 전모가 밝혀지고 보니 그때 했던 모든 말이 거짓이었다. 미나카와 시장이 체포될 때 맞춰서 인터뷰 기사를 게재했더니 지면의 가치가 단숨에 뛰어오르기도 했다.

특형부 입장에서는 시장을 체포하기 전까지는 직접적으로 손을 댈 수가 없으므로 유력한 용의자가 어떤 상황에 놓여 있는지를 알아내는 게 중요하다. 물론 우리도 모든 걸 알려주지는 않는다.

이러한 수사기관과 기자 사이의 밀고 당기기는 손에 땀을 쥐게 한다. 쌍방향 소통 속에서 진상을 규명해가는 작업은 마치 난해한 수학 문제를 풀어가는 것과 같다.

지방판을 넘어서라 !

미나카와 시장이 뇌물수수 혐의로 체포된 것은 2002년 5월 30일이었다. 사건의 전말은 1999년으로 거슬러 올라간다. 1999년 12월, 레크리에이션 시설 '상쾌한 플라자 가루이자와'의 지명경쟁입찰이 있었다. 이노우에 유타카 참의원 의장의 정책 비서가 가마가야시로부터 사전에 예정 가격을 포함한 입찰 정보를 입수했다. 이것을 전해 들은 중견 건설회사 구마가이구미熊谷組에게 시설이 낙찰되었으며, 이치카와市川시의 건설회사들이 하청 업체로 공사에 참가했다.

정책 비서는 정보를 제공해준 명목으로 건설회사로부터 6,400만 엔을 받았고, 그중 3,000만 엔이 가마가야 시청에 출입하던 이노우에 의원의 개인 비서를 통해 미나카와 시장과 그 복심이었던 가와이 아키라川井彰 부시장에게 전해졌다고 한다.

뇌물공여 사건의 시발점이 되었던 공공 공사를 발주한 것은 가마가야시, 가시와시柏市, 시로이마치白井町(현 시로이시)로 구성된 '환경위생조합'이었다. 미나카와 시장은 이 조합의 관리자이자 공사를 발주하는 최고 책임자이기도 했다.

특별형사부의 수사가 진행되면서 가와이 아키라 부시장과 이노우에 의원 정책 비서, 개인 비서 등 여섯 명의 용의자가 5월 2일 체포 및 기소되었고, 결국 현직 시장까지 체포되기에 이르렀다.

당연히 이노우에 의장도 책임지고 참의원 의장직을 사임했다. 정책 비서가 일으킨 불상사를 제대로 감독하지 못한 책임 역시 통감하며 참의원 의원직까지 사직하겠다는 입장을 밝혔다.

중의원에서 한 번, 참의원에서는 총 네 번 당선된 제2차 가이후海部 개조내각*에서 문부대신까지 역임한 자민당의 거물까지 얽힌 이 부패 사건은 지바현판을 넘어 도쿄신문 1면

톱기사에도 실리며 연일 사회면을 장식했다.

지방판을 넘어서 기사를 싣는 것은 지국에서 일하는 모든 기자들의 목표이다. 처음 정보를 입수한 후 약 두 달 동안 정신없이 뛰어다녔다. 잠자는 시간까지 아껴가며 거의 쉬지도 못하고 일했지만, 그래도 힘들지 않았다. 오히려 성취감이 들었다. 시장이나 부시장 같은 권력자가 수면 아래에서 꾸미고 있던 계략을 낱낱이 파헤쳐 지면을 통해 상세히 밝혀나가는 취재는 내게 좋은 자극을 주었고, 하면 할수록 아드레날린이 뿜어져 나왔다.

시간이 지나 되돌아보니 주어진 정보들을 경계할 필요도 있다는 생각이 들었다. 미나카와 시장의 인터뷰를 포함하여 확실히 다른 신문에는 없는 정보를 지면에 담을 수 있었지만, 곰곰이 생각해보면 결국 보도 자체는 특형부가 발표한 사건의 틀로부터 자유롭지 못했다.

이노우에 참의원 의원은 사직 당시 이렇게 말했다.

"비서를 제대로 감독하지 못한 책임을 통감하고 정치적,

1990년 2월 28일 제77대 총리대신에 임명된 가이후 도시키海部俊樹가 1차 내각 일부를 개조한 후 운영한 2차 내각이다. 1990년 12월 29일부터 1991년 11월 5일까지 이어졌다. 페르시아만 전쟁 때 해상자위대를 파견하기도 했다.

　　　　　　　　2장 생각대로 부딪쳐가며

도의적, 사회적 책임을 지겠습니다."

자신은 이 사실을 전혀 알지 못했기 때문에 도의적인 책임만 지겠다는 것인데, 과연 이 말을 있는 그대로 받아들여도 괜찮았던 걸까? 정책 비서가 받은 6,400만 엔 중 시장과 부시장에게 전해진 금액은 3,000만 엔이라고 한다. 그렇다면 차액 3,400만 엔은 어디로 사라진 것일까? 이른바 불법 정치자금일 가능성은 없었던 것일까?

특형부가 발표하지 않고 의도적으로 숨긴 사실은 없었을까? 비서가 모든 책임을 떠안고 체포되는 모종의 정치적 거래가 있었던 것은 아닐까? 특형부가 짜놓은 판 안에서 혼자 흥분해버린 것 같은 내 자신이 부끄러웠다. 한층 더 깊이, 새로운 관점으로 취재할 수 있지 않았을까? 이렇게 반성하며 새로운 목표를 갖게 됐다.

중앙 정계까지 큰 폭풍을 가져다준 엄청난 사건의 수사를 지바지검 특별형사부가 담당했다. 만약 이 사건을 록히드사건*에서 다나카 가쿠에이田中角榮 전 총리를 체포했던

*1976년 2월, 미국 항공기 판매회사 '록히드'에서 일본에 항공기를 도입하는 대가로 다나카 가쿠에이 총리에게 5억 엔을 건넸다는 사실이 드러났다. 패전 후 일본에서 일어난 대표적인 부정 사건이다.

도쿄지검 특수부처럼, 검찰청 안에서도 엘리트만 모은 특수 조직이 담당했다면 어떻게 되었을까?

새로운 목표를 실현할 수 있는 기회는 의외로 일찍, 2003년 8월에 찾아왔다.

요미우리신문에서 이직 제의를 받다

지바지국에서 약 2년간의 근무를 끝내고 2002년 8월부터 요코하마지국에 부임했다. 같은 수도권 지국으로 나름 바빴지만, 지바에서 일하는 것만큼 즐겁지는 않았다. 심야 및 새벽에 기습 취재를 할 때, 경찰관의 반응이 사뭇 달랐기 때문이다.

지바현경은 엄격한 것 같으면서도 기자들을 꼼꼼히 살핀다. 예를 들면 "밤낮없이 열심히 다니고 있네" 하고 웃으면서 슬며시 가택수색 등의 수사 정보를 제공해주는 식이다. 신문기자와 경찰관은 때로는 충돌하기도 하지만, 함께 일하면서 서로의 근본적인 역할을 인정하게 된다.

한편 가나가와神奈川현경의 경찰관은 담백하다고 할까,

도회적이었다. 가나가와현경은 과거 '부패 백화점'이라는 야유를 받으며 호되게 비판받은 적이 있다. 문제를 일으켰던 간부들이 모두 해고된 후 새로운 사람들이 분위기를 만들어가는 시기였기 때문에 아마 더 그렇게 느껴졌는지도 모르겠다.

사건을 좀 더 잘 취재해보고 싶다고 말해서였을까? 어느 날 다른 회사 기자로부터 생각지도 않았던 말을 들었다.

"그렇게 사건 취재가 좋으면 우리 회사로 오지 않을래?"

이직을 권해준 분은 요미우리신문의 현경 담당 캡이었다. 모르는 사이는 아니었다. 앞장에서 언급한 소데가우라시에서 있었던 사건 당시 현경 홍보과에 '왜 도쿄신문만 편애하는 겁니까? 이게 차별이 아니면 뭡니까?'라고 고함을 쳤던 그 기자였다.

이번에는 정반대로 회사라는 담을 넘어 나에게 기회를 준 것이다. 솔직히 엄청 기뻤다. 지바에서의 인연도 있고 다시 요코하마지국에서 함께 현경을 담당하는 우연까지 겹친 데다, 여전히 사건 취재에 목말라하는 내 모습을 보고 그런 제안을 해주셨으니 말이다.

대형 신문사 입사시험에 계속 떨어지던 무렵, 지방지라

도 열심히 일하는 기자는 대형 신문사로 발탁되는 경우가 꽤 많다고 들었다. 말로만 들었던 기회가 생각보다 빨리 찾아온 것이다. 게다가 경찰 취재에 어디보다 강했던 요미우리신문에는 지바지국 시절부터 존경의 마음을 품고 있었다. 회사를 옮기려면 일찍 옮기는 편이 낫겠다는 마음도 있었다.

그 직후, 도쿄 본사 사회부로 인사이동 지시를 받았다. 본사 사회부라면 도쿄지검 특수부 담당 기자가 될 수 있을지도 모른다. 만약 요미우리신문으로 옮긴다면 아마 지국 근무부터 다시 시작해야 할 것이다. 사건 취재의 노하우를 배울 수 있는 것은 매력적이었지만 입사 4년 차에 도쿄지검 특수부를 담당할 수 있다면…. 요미우리신문의 제안을 정중히 거절하고 도쿄신문에 남기로 했다.

2003년 8월. 규정상 2년간 근무해야 하는 요코하마지국 근무를 1년으로 끝내고 주니치신문 도쿄 본사의 사회부로 부임했다. 오래전부터 목표로 삼았던 도쿄지검 특수부를 포함한 검찰과 재판을 담당하는 사법 기자클럽에 가입하게 됐다.

여기에서 간단하게 기자클럽에 대해 기록해두고자 한다.

일본에는 일본 특유의 '기자클럽'이라는 제도가 있다. 각 관청 및 공공기관은 클럽 기자들을 대상으로 정기적인 회견을 연다. 청사 내에 기자들을 위한 기자실을 두고 있어서 회사보다도 취재지인 기자실에 더 오래 머무르곤 한다.

이때 내가 소속된 사법 기자클럽은 가스미가세키霞が関 고등법원 안에 있었다. 그 외에도 내각부 안에 있는 '내각 기자회', 방위성 내에 있는 '방위기자회' 등 여러 기자클럽이 있다. 아무래도 관계자들이 가까이 있으니 얼굴을 마주치는 기회도 많고, 덕분에 직접 물어보며 정보를 얻을 수 있다. 하지만 가맹사 외의 기자는 회견에 참가할 수 없어 큰 제약이 따른다. 언론의 권력 감시 기능이 약해질 수 있다는 등 여러 가지 문제점이 제기되고 있다.

극비리에 손에 넣은 부정 헌금 리스트

메모에 기재된 이름들을 확인한 캡은 누가 봐도 흥분한 상태였다.

"너는 아직 잘 모르겠지만 이거 정말 엄청난 거야."

사건 관계자를 밤이고 낮이고 기습 취재한 끝에 내가 입수한 극비 리스트. 거기에는 일본치과의사연맹(일치련)으로부터 우회 헌금을 받은 자민당 소속 국회의원 약 20명의 실명이 금액 및 날짜와 함께 기재되어 있었다.

어떤 의원에게는 5,000만 엔, 다른 의원에게는 2,000만 엔과 같은 식으로 정치자금 수지 보고서에는 기재되지 않은 우회 헌금 실태가 생생히 적혀 있었다. 총 금액은 3억 엔이 넘었다.

캡의 말을 듣고 리스트의 가치를 실감한 나는 잃어버리지 않으려고 항상 수첩에 끼워서 가지고 다녔을 정도이다. 본사 사회부로 이동해 사법 담당 기자로 일한 지 약 7개월째 되던 2004년 2월. 정계를 크게 뒤흔든 '일치련사건'은 그 1장의 리스트에서 시작되었다.

다른 신문보다 앞서서 달린 것은 도쿄신문이었다. 리스트를 바탕으로 하나씩 진위를 확인해나갔다. 왜 그 의원에게 우회 헌금이 필요했던 것일까? 상황증거와 정계의 움직임을 철저하게 조합했다. 《일본치과신문》 같은 업계지도 상세하게 체크하면서 잇달아 독점 기사를 보도했다.

도쿄지검 특수부는 도쿄신문이 내보낸 보도를 매우 불쾌

하게 여긴 듯하다. 취재를 거듭하여 기사를 계속 쓰던 와중에 도쿄지검 특수부 간부가 화가 났다는 이야기를 여기저기서 전해 들었다.

"모치즈키가 우리 사건을 망치려 하고 있어!"

취재에 불이 붙은 것은 내가 리스트를 입수한 날로부터 2개월 전이다. 도쿄지검 특수부가 일본치과의사회의 정치단체인 일치련을 주시하고 있다는 정보가 2004년 초부터 사법 기자클럽 내에 돌고 있었다.

신문사들의 취재 경쟁이 시작되었다. 자민당이 일치련으로부터 고액의 헌금을 받아왔다고 공식적으로 인정한 요시다 유키히로吉田幸弘 전 중의원 의원의 정치자금 수지 보고서와 일치련 장부를 조합해보며 분명한 모순점을 찾아냈다.

취재를 거듭한 끝에 이 사건의 첫 번째 특종기사를 썼다. 1월 30일 자 석간 1면에 다음과 같은 제목으로 기사를 실었다.

일치련, 별도 기재 없이 요시다 전 의원 측에 2,000만 엔 헌금 규제법 위반 혐의

JR이치가야市ヶ谷역에서 300미터 떨어진 치과의사회관

4층 일치련 본부에 도쿄지검 특수부의 압수 수색이 들어갔다. 도쿄신문이 특종기사를 쓴 지 3일째 되던 날이었다.

경쟁지와 엎치락뒤치락

특종기사가 나가고 도쿄지검 특수부는 어딘가 이상했다. 검사와 사무관을 합쳐 약 30여 명이 수색 영장을 들고 오전 7시쯤 치과의사회관 현관 앞에 도착했다. 이례적으로 이른 아침이었다. 매스컴을 피하려는 의도가 엿보였다.

한나절 넘게 수색을 진행했다는 점이나, 압수된 자료가 290상자, 즉 대형 봉고차 6대를 꽉 채우는 분량에 달했다는 점을 보더라도 전년도 총선거에서 낙선한 요시다 전 의원만을 표적으로 삼고 있다고 보기에는 미심쩍은 부분이 많았다. 무언가 다른 가능성이 있다는 확신을 품고 관계자들을 찾아다닌 끝에 입수한 것이 앞서 언급한 자민당 의원 실명 리스트였다.

도쿄신문은 15명의 취재팀을 꾸렸다. 요시다 전 의원이 나고야시에서 치과를 개업한 적이 있어서 주니치신문 사회부의 사법 담당 기자들도 참가했다. 도쿄신문의 독주는 허락하지 않겠다는 듯 다른 신문들도 취재 태세를 강화했다.

불법 헌금에 연루된 사실이 밝혀져서 취재를 요청하면, 국회의원들은 으레 '팩스로 질문을 보내주기 바랍니다'라고 답해 온다. 하지만 팩스를 통해 질문을 전달하면 설정한 기일까지 답변이 오는 일은 거의 없다. 그렇게 되면 기사를 쓸 수 없고, 결국 잠복이라도 하는 수밖에 없다. 이 시기에는 국회의원 회관 앞에서 정책 비서를 기다렸다가 덮쳐서 '뭐야!'라는 호통을 듣는 게 일상이었다.

일치련 압수 수색 결과 우스다 사다오臼田貞夫 전 회장을 비롯해 일치련 간부 여섯 명을 포함한 총 16명이 최종적으로 체포 및 기소되거나 불구속 기소되었다. 이렇게 되면 담당 변호사도 중요한 취재원이 된다.

독점 기사를 쓰기 위해서는 직접 부딪쳐야 한다. 변호사 자택을 알 턱이 없으니 타깃을 정한 후에는 마치 탐정처럼 미행한다. 겨우겨우 자택을 찾아냈다고 기뻐한 순간, 요미우리신문의 기자와 맞닥뜨린 적이 한두 번이 아니었다.

"네가 왜 여기에 있어? 좀 비켜봐."

요미우리신문도 그 변호사를 따라다니고 있던 것이다.

그렇다고 해서 '비켜봐'라는 말을 들을 이유는 없다. 질 수 없다는 생각에 대답했다.

"당신이 여기에 있다고 왜 내가 비켜야 합니까?"

분을 이기지 못하고 검찰 간부에게 건 전화

장마철을 지나 더운 여름으로 접어들던 무렵이었다. 리스트에 기재된 금액과는 자릿수가 확연히 다른 부정 헌금이 일치련에서 자민당으로 건너간 것 같다는 정보를 입수했다.

그동안 돈독한 관계를 유지해온 도쿄지검 특수부 간부의 속을 계속 떠보았지만 모호한 태도로 일관했다. 마지막에는 으레 이런 말을 남기고 자리를 떴다.

"이걸 이야기하면 일본 전체가 뒤집어진다니까."

다른 관계자에게 도쿄지검 특수부가 노리고 있는 진짜 타깃은 1억 엔의 부정 헌금이라는 놀라운 이야기를 듣게 됐다. 우회 헌금이 아니라 부정 헌금이라니. 누가 봐도 정계를 뒤흔들 사건이었다. 취재 태세를 재구축하고 진위를 파악하기 시작했다.

이틀 후, 요미우리신문이 충격적인 특종을 보도했다.

일치련 우스다 피고, 하시모토파에 1억 엔 수표
2001년 참의원 선거 직전 전 총리에게 건네준 것으로 확인
보고서 기재 사항 없음

저 기사 하나로 그간 극비 리스트를 바탕으로 다른 신문보다 한발 앞서 보도해온 도쿄신문의 독점 기사가 한꺼번에 날아가버렸다. 그 정도로 기사는 큰 반향을 일으켰다.

일치련 측은 도쿄 아카사카赤坂의 한 요릿집에서 하시모토 류타로橋本龍太郎 전 총리에게 1억 엔의 수표를 건넸다. 게다가 그 자리에 노나카 히로무野中広務 전 간사장과 아오키 미키오青木幹雄 전 내각 관방장관이 동석했다는 사실까지 보도되었다. 수사의 칼날이 전 총리를 향할지도 모르는 엄청난 사건이었다. 아침부터 일본 전체가 벌집을 쑤신 듯 시끄러웠다.

이틀 전 같은 정보를 입수했던 만큼 캡은 분하고 억울한 마음을 숨기지 못했다.

"아! 이 기사를 뺏길 줄이야!"

평소에는 냉정하고 침착한 캡이 끊임없이 중얼거렸다.

나도 머리가 뜨거워졌다. 순간 참지 못하고 계속 모호한 말만 하던 검찰청 간부에게 전화를 걸었다.

"당신이 일본이 뒤집어지니 어쩌니 했던 것이 이거였어요? 내가 얼마나 필사적으로 취재를 다녔는데… 어째서 말해주지 않았습니까?"

종종 분노가 한계를 넘어서면 난폭한 어조가 되어 주위를 당황하게 하는 때가 있다. 이때도 너무나 분해서 반쯤 울면서 화를 낸 것 같다. 휴대전화 너머로 소리를 지르는 모습을 보고 주위 사람들도 무척 놀랐을 것이다.

정보를 제공해주는 취재원 중에는 고의로 잘못된 정보를 흘리는 사람도 있다. 백이면 백, 사실만을 이야기하면 매스컴에 정보를 흘리는 사람이라고 의심받기 십상이기 때문이다.

우리 쪽도 있는 그대로 받아들이지는 않고 정보의 진위를 파악한다. 잘못된 정보로 한 방 먹더라도 원망은 하지 않는다. 속는 것이야말로 나쁜 일이라고 생각해왔다.

하지만 이때는 나도 흥분한 상태였다. 나의 요청은 계속 무시하다가 결국 대형 신문사인 요미우리신문에게 가장 중요한 사실을 보도할 수 있는 기회를 주어 공을 돌리는가 싶었다. 질투에 가까운 분노를 전화기 너머로 쏟아냈다.

뺏고 뺏기는 특종 전쟁

화만 내고 있을 수는 없다. 특종을 빼앗겼다면 다시 빼앗
아야 한다. 리스트에 이름이 올라와 있던 국회의원 중 아직
미디어에 보도되지 않았으면서 이슈를 만들어낼 수 있는
사람은 장관급 인사뿐이다. 2,000만 엔이 건너갔다고 기재
된 사카구치 지카라坂口力 후생노동 장관을 타깃으로 정했다.

요미우리신문이 특종을 터트린 지 사흘 만에 다음과 같
은 제목으로 독점 기사를 보도했다.

> 일치련, 용의자 요시다 씨를 통해 사카구치 후생노동 장관
> 측에 2,000만 엔 건네
> 내부 문서 '의정대책'에서 기록 확인, 사카구치 씨는 부정

일치련이 이미 체포되어 있던 요시다 전 의원에게 사카
구치 후생노동 장관에 대한 헌금 명목으로 2,000만 엔을
지출했다는 내용의 보도였다. 그런데 이 보도가 큰 논란을
가져오고 말았다.

돌이켜 생각해보니 정말 반성할 점이 많았다. 우회 헌금
이라고 여겼던 금액이 2,000만 엔이나 되는 거액이었던 만

큼, 사카구치 장관 본인에게 직접 물어야 했다. 하지만 그 당시에는 기자들 사이에 초조함이 맴돌 만큼 매우 조급한 상황이었다.

'우물쭈물하다가 요미우리신문에게 또 뺏기게 될 거야.'

급한 대로 사카구치 장관의 정책 비서에게 대신 물었고, 그렇게 '사카구치 씨는 부정'이라는 제목을 달게 되었다. 보도 당일 사카구치 장관은 사실무근을 주장했고, 그가 소속되어 있던 공명당은 주니치신문과 도쿄신문에 정정 보도를 요구하는 항의서를 제출했다.

사카구치 장관은 내각회의 후 기자회견에서 이런 말까지 남겼다.

"터무니없는 거짓이다. 내 인생을 걸고 대항해가겠다."

1주일 후, 사카구치 장관은 보도로 인해 명예가 실추되었다며 주니치신문과 도쿄신문의 양 편집국장을 명예훼손 혐의로 고소했다. 동시에 나고야지법에 손해배상과 사과 광고 게재를 요구하는 민사소송도 제기했다.

고소장에는 '도쿄신문에 게재된 기사에는 일치련이 요시다 전 의원의 소개로 사카구치 측에 2,000만 엔의 헌금을 바쳤다는 인상을 주고 있다'라고 쓰여 있었다. 나중에야 일치련에서 요시다 전 의원에게 2,000만 엔을 건넸고, 두 번에 걸쳐 사카구치 장관에게 200만 엔을 전달하려 했지만 장관이 직접 돈을 받지는 않았다는 사실을 알게 됐다. 후에 들어온 돈 역시 그대로 되돌려주었다고 한다.

요미우리신문은 취재 초기부터 이 사실을 알고 있었다. 그래서 사카구치 장관에 대해서는 보도할 생각이 없었다고 한다. 1억 엔보다는 훨씬 적은 금액인 데다가 이미 되돌려준 상태라고 하니, 뉴스의 가치를 생각해도 타당한 판단이었다. 공명당이 제출한 고소장은 그 후의 일치련사건 취재뿐 아니라 나에게도 엄청난 사건을 가져왔다.

특수부의 출두명령, 이틀간의 취조

내가 입수한 리스트 덕분에 일치련사건 보도에서는 도쿄신문이 다른 신문들을 크게 앞서고 있었다. 하지만 공명당이 명예훼손 혐의로 도쿄신문을 고소한 후 상황은 180도 달라졌다.

회사 입장에서는 더는 소송에 휘말리고 싶지 않았을 것

이다. 갑자기 일치련사건과 관련한 문제에는 엄격한 기준이 적용됐고, 생각하는 대로 기사를 쓸 수 없게 되었다.

엎친 데 덮친 격으로 고소장을 접수한 도쿄지검 특수부가 사카구치 장관과 정책 비서뿐만 아니라, 도쿄신문을 대상으로도 조사를 시작했다. 주니치신문과 도쿄신문의 양 편집국장은 물론 지면을 작성했던 사회부와 편집부 각 데스크, 현장에서 취재했던 사법 담당 기자들 모두 도쿄지검 특수부가 소속된 가스미가세키의 도쿄지방검찰청에 소환되었다.

사법 담당 기자 중에서는 나를 포함한 세 명이 조사를 받았다. 신문사 기자들이 직접 조사를 받는 것은 전대미문의 사태였다.

"우리 회사에서는 절대로 기자 혼자 조사를 받도록 내버려두지 않아. 특히 현장 기자는 더 그래. 회사에서 보호해줘야 최전선에서 일할 수 있는 거 아니야? 우리는 고문변호사가 개인이 아닌 회사 차원으로 맞대응해."

이렇게 말하며 함께 분노해준 사람은 요미우리신문의 사법 담당 기자였다. 요미우리신문은 '로스의혹사건'* 의 미우라 가즈요시三浦和義 피고와 '약물 피해 에이즈사건'** 의 아베 다케시安部英 피고를 무죄로 만든, 특히 명예훼손 재판에서 활약해온 베테랑 변호사인 기타무라 요이치喜田村洋一 씨를 고문변호사로 두고 소송에 대비하고 있단다.

도쿄신문은 어땠을까? 조사를 며칠 앞둔 어느 날, 고문변호사 사무실에서 호출이 왔다.

"이걸 잘 봐두세요."

1장짜리 문건을 건네받았다. 거기에는 특별공무원 폭행능학죄***에 대한 설명이 상세히 기록되어 있었다. 고문변호사가 이렇게 덧붙였다.

"조사 중에 검사가 매도를 하면 상대에게 죄를 물을 수 있습니다. 혹시 검사가 이상한 말을 하면 특별공무원 폭행

• 1981년 로스앤젤레스에서 일어난 살인사건 피해자의 남편인 미우라 씨가 보험금을 노리고 아내를 살인한 게 아니냐는 논란이 불거지며 일본 언론의 과열 보도 경쟁이 이루어졌다. 2003년 있었던 재판에서 미우라 씨의 무죄가 확정되었다.

•• 1980년대 비가열 혈액제제를 혈우병 치료에 사용했다가 다수의 HIV 감염자 및 에이즈 환자를 만들어낸 사건이다. 이로 인해 일본 내 혈우병 환자의 40퍼센트(1,800명)가 감염되었다.

••• 재판, 검찰, 경찰과 그 밖의 인신 구속에 관한 직무를 실행하는 자나 이를 보조하는 자가 그 직무를 실행할 때 형사 피의자나 그 밖의 사람을 폭행하거나 가혹 행위를 함으로써 성립하는 범죄.

능학죄에 해당한다고 주장하시면 됩니다."

요미우리신문처럼 고문변호사가 방패가 되어 지켜주기보다는, 과거의 판례를 근거로 조언 정도 해주었다. 요약하면 힘내서 조사 잘 받고 오라는 것이다. 결국 거기를 나 혼자 가라는 거구나. 불안한 마음으로 아침을 맞았다. 찌는 듯한 8월의 어느 날, 무거운 발걸음으로 가스미가세키로 향했다.

담당 검사는 몇 번 본 적이 있는 특수부 주임 야마다 요시노리山田賀規 검사였다. 나와 검사, 기록 담당자 셋이서 넓이가 7조* 쯤 되는 취조실로 들어갔다. 드라마에서 자주 보던 것처럼 스산했다.

의외로 오전에는 편안한 분위기 속에서 진행되었다.

"어떻게 정보를 입수했나요?"

"일치련에서 받은 거 맞죠?"

부드러운 어조로 미소를 띠며 사카구치 장관에 관한 기사를 쓴 경위를 물었다. 물론 취재처를 쉽게 얘기할 생각은

---

* 1조란 다다미 1장을 가리키는 말로 가로세로가 대략 910×1820밀리미터 정도 되는 크기이다.

없었기 때문에 계속 얼버무리며 시간을 보냈다.

정오가 되자 1시간 정도 휴식에 들어갔다. 그 전까지는 '자, 어깨 힘 빼시고'라며 긴장을 풀어주고 상냥하게 대하기까지 했던 검사가 오후가 되자 급변했다.

남성 선배 기자 두 명도 각각 조사를 받고 있었다. 휴식 시간에 담당 검사들이 모여 오전 조사 때 얻은 정보를 맞춰보고 오후 조사를 진행할 줄은 알았지만, 이렇게까지 달라질 줄은 몰랐다. 오후 조사가 시작되자 검사는 무서운 표정으로 말했다.

"당신은 큰 거짓말을 하나 하고 있어."

마치 자신들을 속일 수는 없다는 듯한 태도였다.

"거짓말을 하다니, 인간으로서 부끄럽지 않아?"

"나중에 부모님 얼굴을 뵐 수나 있겠어?"

이게 바로 인신공격이구나. 나도 마음을 굳게 먹고 철저히 묵비권을 행사했다.

"도대체 왜 아무 말도 안 하는 거야!"

쉼 없이 공격을 받다 보니 이런 생각이 들기 시작했다.

'혹시 선배가 오전에 무슨 말을 해버린 건 아닐까?'

점점 더 많은 생각이 밀려왔지만, 오후 7시까지 필사적으로 묵비권을 행사했다. 마음을 비우기 위해 취조실에 있는 시계만 바라보며 다른 생각들을 떠올렸다.

몸도 마음도 지칠 대로 지친 후에야 조사가 끝났다. 겨우 한숨 돌리고 있는데, 다음 날도 조사를 받으러 오라는 통보를 받았다. 다른 선배들은 하루면 된다고 했다.

'왜 나만…'

조사를 받으러 왔던 아침보다 훨씬 더 무거운 발걸음으로 같은 동네에 있는 사법 기자클럽 도쿄신문 부스로 돌아왔다.

"애 많이 썼어, 수고 많았다."

웃는 얼굴로 맞아준 캡이 초밥을 주문해놓고 기다리고 있었다. 캡 입장에서는 장시간의 조사를 견뎌낸 세 명을 위로하고 싶었겠지만, 마치 용의자가 된 것 같은 심정인 데다가 나만 다음 날도 조사를 받으러 가야 했기 때문에 정말이지 아무것도 먹고 싶지 않았다.

한 책상에 모여 막 끝난 조사에 대해 이야기를 나누고 있을 때였다. 내일 또 고통의 시간을 보내야 하는 나는, 아무 생각 없이 이런 말을 내뱉었다.

"검찰은 어떻게 해서든 정보의 출처를 알아내려 하고 있어요. 힌트 정도는 말해도 괜찮지 않을까요?"

그때까지 나를 위로해주던 분위기가 한순간 싸해졌다. 캡은 갑자기 격노하며 말했다.

"어디 네 마음대로 해봐. 하지만 그러는 순간, 붓을 꺾을 각오는 해야 할 거다!"

붓을 꺾는다, 즉 기자를 관둬야 한다는 것이다. 도쿄신문을 퇴사하는 것은 물론, 두 번 다시 기자 일을 할 수 없을 거라고 못 박았다.

정보를 제공해준 취재원을 보호하는 것은 기자의 사명이자 윤리이다. 지금 생각해보면 너무나 당연한 일인데, 하루 만에 나는 그 정도로 약해진 것이다.

상대가 주는 압박 때문에 사소한 내용이라고 정당화하며 정보를 흘리는 순간, 기자와 취재원 사이의 신뢰는 깨진다. 나 한 명에서 끝나는 문제가 아니라, 저널리즘 세계 전체를 뒤흔드는 사태가 벌어질 수도 있다.

괜히 응석을 부린 것 같아 몹시 부끄러웠다. 동시에 내가 일하는 도쿄신문에 감사한 마음이 들었다. 요미우리신문처럼 고문변호사가 방패가 되어준 것은 아니지만, 어떤 상황에 직면하더라도 기자로서의 긍지를 잃지 말라고 호되게 가르쳐주는 뜨거운 선배가 있었다. 나를 지켜봐주고 있다는 생각이, 다음 날 진행될 조사의 긴장감을 풀어주었다.

"도쿄신문은 허위기사를 썼다"

선배들은 인신공격까지는 받지 않았다고 한다. 도쿄지검 특수부의 진짜 목적을 알게 되었다. 사카구치 장관 사건을 구실로 나를 조사해서 누구에게 극비 리스트를 입수하였는지를 알아내려고 한 것이다. 말투와 태도를 완전히 바꾸어 부모님까지 들먹여가며 취조하고, 나만 하루 더 조사했던 것도 그 때문이었다. 도쿄신문이 앞서 여러 보도를 한 뒤부터 도쿄지검 특수부는 눈에 띄게 신경을 곤두세우고 있었다.

당시 특수부 부장을 필두로 간부들 대부분이 "도쿄신문은 허위기사를 쓰며 수사를 방해하고 있다"라며 화를 냈다는 이야기가 들려왔다. 내가 중심이 되어 정보를 얻고 있다는 사실을 알고 나를 타깃으로 삼은 것이다. 공명당이 제출한 고소장은 때마침 좋은 핑계가 되어주었다.

나를 붙잡아준 캡 덕분에 똑같이 오전과 오후로 이어진

두 번째 조사도 단 한마디도 하지 않고 끝낼 수 있었다. 그이상 조사를 하면 분명 사법 기자클럽에서 문제 삼을 것이라고 우려한 탓인지 사흘째로 이어지지는 않았다.

조사가 끝나자 긴장이 풀리는 한편 이런 생각이 들었다. 나의 경우는 취재원을 묻는 조사였지만, 이것이 체포를 위한 조사였다면 검사가 밀어붙이는 압박감은 차원이 달랐을 것이다.

도쿄지검 특수부의 조사를 받고 자택으로 돌아온 피의자를 취재하기 위해 밤늦은 시간 몇 번이고 잠복 취재를 한적이 있다. 그럴 때마다 피의자는 항상 다음 날부터 다른 곳에서 지내고는 했다.

실제로 조사받는 입장이 되어보니 무리도 아니라는 생각이 들었다. 검사의 신랄한 비난을 계속 듣고 있자니 가족을 포함한 그 누구에게도 아무것도 말할 수 없을 것만 같았고, 집에 돌아가서 자고 싶은 마음뿐이었다. 그 와중에 기자까지 기다리고 있었으니, 체력적으로나 정신적으로나 한계에 다다랐을 것이다.

사카구치 장관과 공명당으로부터 형사 고소를 당한 주니치신문과 도쿄신문의 양 편집국장은 기사에 관여했다고 인정되지 않는다는 이유로 최종적으로는 불기소처분을 받았다. 2004년 크리스마스이브의 일이었다.

편집부에서 일하다

현장 기자를 계속하든지 편집부에서 내근 기자로 일하든지 선택해야만 했다. 2005년을 눈앞에 두고 취재현장을 떠나야 하는 상황에 내몰린 것이다.

편집부는 현장 기자가 쓴 기사를 각 부서의 데스크를 통해 전달받아 제목을 달고, 텍스트와 이미지를 배치하여 지면을 구성하는 일을 한다. 무엇보다도 현장 취재를 좋아했기 때문에 당연히 현장에 남겠다고 했지만, 상사에게 설득당해 결국 부서 이동을 하게 됐다.

실은 얼마 전부터 취재 경비를 과다하게 사용하고 있다며 회사로부터 주의를 받고 있었다. 주로 취재원과의 회식비와 택시비가 큰 비중을 차지했다.

2004년 여름, 막바지에 접어들던 일치런사건 취재를 할 때는 셀 수 없을 정도로 잠복을 많이 했다. 취재원이 눈치채지 못하도록 그늘진 곳에서 몰래 기다리는 것이 사회부 기자의 기본 자세이다. 콜택시를 불러 가까운 곳에 대기시켜 두었다가, 갑작스레 나타난 취재원을 보고 지나가던 택시를 타고 뒤쫓아 가면서 대기하고 있던 콜택시를 향해 뒤따라오라고 소리친 적도 있었다.

추적하던 사건이 점차 가닥이 잡히고 용의자가 체포되면 가쓰시카구 고스게葛飾区 小菅에 있는 도쿄구치소에서 잠복했다. 잠복하는 동안에는 콜택시를 근처에 대기시켰다. 변호사와 피의자가 주고받는 대화를 통해 도쿄지검 특수부가 어떻게 사건을 처리할 것인지 알아내기 위해서이다.

도쿄구치소 주위에는 한여름의 뜨거운 햇볕을 피할 수 있는 그늘이 하나도 없다. 땡볕 아래에서 있는 대로 체력을 써가며 교대로 잠복한다. 그렇게 해서 겨우 한마디 코멘트를 따낸다. 아무런 말을 듣지 못하는 때도 많다.

여담인데, 정치부 기자들은 국회의원의 관사 앞까지 당당하게 콜택시를 타고 가서 냉방이 잘되는 차 안에서 대기한다. 정치부 기자와 사회부 기자가 이렇게나 다르다.

잠복을 위해 콜택시를 이용했다고는 했지만, 고백하건대 반성해야 할 점도 있다. 취재 이외의 용무를 볼 때도 2~3

시간씩 콜택시를 대기시킨 적이 있다. 늦은 시간까지 취재하다가 밤을 꼬박 새우고 아침 일찍 긴급 취재를 갈 때는, 몇 시간 지나지 않아서 바로 또 콜택시를 부르기도 했다.

거품경제 붕괴 후 헤이세이平成(1989~2019) 불황*이 계속되던 때였다. 회사 전체가 경비 삭감에 집중했던 시기, 유난히 많았던 나의 택시비와 회식비는 자연스레 주목받았을 것이다. 지금까지도 반성하고 있다.

편집부가 가르쳐준 또 하나의 신문

사내에서 근무하는 내 모습을 떠올리다 조금은 위화감을 느끼면서 편집부로 향했다. 걱정과는 달리 그곳에서 신문기자로서 새로운 감각을 키울 수 있었다.

편집부에서는 현장에서 보내온 기사를 톱뉴스, 세컨드뉴스로 분류하고, 제목을 붙이고, 사진부가 제출한 사진 중가장 적절한 것을 선정하여 컴퓨터를 이용해 지면을 구성

---

* 거품경제 붕괴 후 1991년부터 2000년 사이에 찾아온 불황을 가리킨다. 보통 '잃어버린 10년'이라고도 한다.

한다. 어떻게 하면 독자들이 읽기 편할까? 어떻게 해야 독자들이 읽고 싶어질까? 숨을 돌릴 만한 칼럼 기사도 신문에는 꼭 필요하다는 걸 느꼈다.

사건에서 시작해 사건으로 끝나는 근시안적인 시각으로 내달려온 기자 인생에서, 때로는 지면이나 신문 전체를 총체적으로 바라보는 감각도 필요하다는 걸 배웠다. 이때 편집부에서 일하며 시야를 넓힌 경험이 지금의 기자 생활에도 큰 도움이 되고 있다.

워낙 현장 취재를 좋아하다 보니 막 부서 이동이 됐을 때는 조금 실망스럽기도 했다. 이 모습이 일할 의욕이 없는 것처럼 비쳤나 보다. 편집부 데스크로부터 '작작 좀 하고 이제 진지하게 일 좀 해!'라고 혼이 난 적도 있다.

현장 기자는 목숨을 걸 각오로 취재한다. 그 피땀으로 쓴 원고를, 편집부가 전력을 다해 다루지 않는다면? 현장 기자 입장에서 무척 화나고 서운할 일이었다. 실망해도 달라지는 건 없다고 마음을 고쳐먹었다. 시간이 지나면 사회부로 돌아가게 될 것이라는 말도 내게 큰 힘이 되었다.

딱 하나 미련이 있다면, 2004년 한 해 내내 취재했던 일치련사건의 사후 취재를 하지 못하고 다른 부서에 속한 한 사람의 독자로서 마지막 재판을 지켜봐야 했던 것이다.

최대 관심사였던 1억 엔 부정 헌금 사건은 하시모토파 회장 대리 무라오카 가네조村岡兼造 씨가 정치자금법 위반인 불기재 혐의로 재택 기소되었다. 1심에서는 무죄판결이, 2심에서는 금고 10개월과 집행유예 3년의 역전 유죄판결이 내려졌고, 2008년 대법원에서 상고를 기각함으로써 유죄가 확정되었다.

한편 도쿄 아카사카 요릿집에서 일치런 측으로부터 1억 엔의 수표를 건네받았다는 의혹에 휩싸였던 하시모토 류타로 전 총리, 그 자리에 있었던 아오키 미키오 전 내각 관방 장관은 증거불충분으로 불기소되었다. 노나카 히로무 전 간사장은 '관여는 했지만 적극적이지 않았다'라는 이해할 수 없는 이유로 기소유예되었다.

내근 부서에서 일한 지 1년 반이 지났다. 하지만 인사이동 소식은 없었다. 다시 현장에서 취재하고 싶은 마음이 커져갔다. 정말이지 괴로울 정도였다. 내 머릿속에서는 전직, 정확하게 이야기하면 이직이라는 두 글자가 맴돌았다.

편집부로 인사이동이 확정될 때까지 상사들 사이에서 우

려의 목소리가 컸다고 전해 들었다.

"콜택시 안에서 잠을 자도 아무렇지 않은 녀석이 내근하면서 계속 자리에 앉아 있을 수 있을까?"

"현장 취재에서 빼버리면 다른 회사로 가는 거 아니야?"

지난번 요미우리신문에서 이직 제안을 받았을 때도 진지하게 고민했었다. 이를 모두 지켜본 상사는 내 성격을 너무나 잘 알았다. 시간이 지나면서 회사 측의 걱정은 많이 사라졌지만, 오히려 내 마음속에서는 '이대로 현장 취재를 할 수 없는 게 아닐까?' 하는 불안감이 커져갔다.

사회부 사법 담당 기자 시절, 내가 했던 취재가 좋은 평가를 받은 모양이다. 다행히도 니혼TV, 아사히신문, TBS, 그리고 또 한 번 요미우리신문으로부터 이직 제안을 받았다.

친구를 통해 니혼TV에서 일하는 저널리스트인 시미즈 기요시淸水潔 씨를 만날 수 있었다. 2001년 니혼TV 보도국으로 이직한 시미즈 씨는, 신초사新潮社의 사진 주간지인 《FOCUS》 편집부에서 활약하고 있을 때부터 존경해온 분이다.

특히 1999년 발생한 '오케가와桶川 스토커 살인사건'*을 보도했을 때는 사이타마현경보다도 먼저 범인을 특정했다. 수사를 방치한 현경의 실태까지 모두 폭로한 탐사보도 기사를 봤을 때는, 사건 취재기자로서 신 같은 존재라고 인정할 수밖에 없었다.

진실을 파헤치는 방법이나 취재원을 설득하는 기술은 도저히 흉내 낼 수 없는 수준이었다. 무엇보다도 진실을 찾아내겠다는 집념이 엄청난 분이었다.

원래부터 동경했던 시미즈 씨에게 의외의 말을 들었다. 동석한 친구가 잠시 볼일을 보러 자리를 비웠을 때였다.

"도쿄신문에서 기자를 계속하는 것이 낫지 않을까?"

가장 중요한 이유로 활자매체와 영상매체의 차이를 들었다. 신문이나 잡지가 주는 재미를 방송국에서는 느끼지 못할 수도 있고, 방송 뉴스에서는 깊이 파헤치는 주제보다는 주로 넓고 얕은 것을 다룬다고 알려주었다.

독불장군 같은 나의 취재 스타일도 방송국 보도에는 맞지 않을 거라고 염려했다. 시미즈 씨는 원래 카메라맨으로서 영상 촬영도 할 줄 알았다. 방송 뉴스는 기자가 영상을

한 대학생이 전 애인이 속한 집단으로부터 지속적인 성희롱을 당하다가 1999년 10월 26일 사이타마현 오케가와시에서 살해된 사건이다.

2장 생각대로 부딪쳐가며

찍을 수 있는지 없는지에 따라 뉴스 가치가 하늘과 땅만큼 달라진다. 신문사 취재 방식에 익숙해져 있다면 힘들 수 있으니 신중히 생각하는 게 좋겠다고 조언해주었다.

쓰라린 마음을 안고 이번에도 거절의 뜻을 전했다.

이직 문제로 아버지와 나눈 대화

아사히신문과 요미우리신문 모두 나를 높게 평가해주었다. 원래 두 곳 모두 경력자로 채용되면 지국 근무를 시키면서 실력을 확인하는 경우가 많다고 들었다. 요미우리신문의 경우 원래부터 동경심도 가지고 있었고, 이직 제안을 해준 사람들과도 마음이 잘 맞았다. 무엇보다도 나를 좋게 봐주고 있다는 사실이 기뻤다.

마음속으로 요미우리신문으로 옮기자고 결정한 직후, 아버지를 만났다. 기자로서 대선배이기도 한 아버지가 마지막으로 등을 떠밀어주시기를 바라는 마음이 있었다. 저널리스트의 길을 걷게 된 데에도 아버지께서 해주신 인생 이야기, 특히 업계지에서 기자로서 일하며 느낀 체험담이 결정적인 계기가 되었다. 돌아보면 인생의 전환점에는 항상 아버지가 계셨다.

아버지가 근무하시던 회사를 찾아가 붉은 등롱 밑에서 어묵을 먹으면서 맥주잔을 기울였다. 이직 이야기를 꺼냈더니 아버지께서 의외의 말씀을 하셨다.

"나는 말이야, 요미우리만은 정말로 싫단다."

아버지께서 애절하게 호소하셨다. 조언을 해준 적은 있어도 내가 하는 일에 이렇게 해라, 저렇게 해라 하는 분이 아니었다.

10대 때부터 학생운동에 빠졌던 아버지는 안보 투쟁 등의 운동에 전념하며 권력 조직과 싸워왔다. 그런 아버지의 사상에 반발심을 느낀 적도 있었지만, 대학생 시절 여러 논쟁을 접하면서 나 역시 아버지를 많이 닮았다고 생각했다.

그 이후로 아버지께는 일종의 동정심sympathy을 갖게 되었다. 내가 원하는 것이라면 무엇이든 지지해주신 덕분에 바라던 대로 나의 길을 걸어올 수 있었다. 언제나 감사한 마음을 갖고 있었는데, 요미우리신문으로의 이직은 강하게 반대하시는 것을 보고 깜짝 놀랐다.

아버지는 60세 정년을 앞두고 일하던 회사가 도산하여

실업자가 되었다. 헤이세이 불황의 거센 풍파로 광고료 수입이 급감했기 때문이다. 그 후 얼마 지나지 않아서 암 선고를 받으셨다. 음식물을 제대로 삼키지 못하는 삼킴장애를 호소하셔서 정밀검사를 받아 보니, 위와 식도 사이에 생기는 위선암이 이미 상당히 진행되어 있었다.

의사는 정기적으로 검진을 받았더라면 좋았을 거라고 안타까워했다. 아버지는 위 검사를 하기 전에 바륨을 마시는 것을 싫어해서 정기검진을 거의 받지 않았다. 곤도 마코토近藤誠 의사의 저서를 굳게 신뢰해서 항암제 치료도 받지 않았다. 암이 계속 진행되면서 점차 야위어갔지만, 항암제 치료를 하지 않은 만큼 부작용은 없었기 때문에 돌아가시기 반년 전까지 규슈 지방에서 개최된 노조 집회에도 참가하며 여기저기를 돌아다니셨다.

2010년 12월 25일, 암을 선고받은 지 1년 6개월 만에 61세의 젊은 나이로 세상을 떠나셨다. 가족 모두가 슬픔으로 하루하루를 지새웠지만, 아버지는 살아 계시는 동안 우리에게 그 누구보다 든든한 존재였다. 마지막까지 아버지다운 삶을 살다가 떠나셨다고 생각한다.

기자가 된 이후 사건 취재의 즐거움에 푹 빠져 있던 터라 부끄럽지만 정치에는 어두운 상태였다. 각 신문사의 정치적 성향이나 논조의 차이 등에 대해서도 그다지 민감하지 않았다.

'요미우리만은 정말로 싫단다'라고 말씀하신 아버지는 정권에, 특히 자민당에 우호적인 요미우리신문과는 거리를 두고 살아왔을 것이다. 몰랐던 아버지의 속내를 처음으로 이해했다.

아버지가 천국으로 가신 지 3년이 채 되기도 전이었다. 유언이라고 하면 조금 과장일지도 모르겠지만, 아버지가 인정하지 않는 곳에서 일하고 싶지는 않았다. 파더 콤플렉스 기질이 있었는지도 모르겠다.

나는 도쿄신문에서 편집부 근무를 계속하기로 했다.

2007년 여름, 참의원 선거 직후 내려진 인사이동으로 사이타마지국에 부임했다. 사회부 사법 담당으로 돌아가지는 못했지만, 다시 현장으로 돌아갈 수 있다는 생각에 기뻤다.

무기 수출을 탐사보도하다

사이타마지국에서 보낸 1년 반 동안 몸도 마음도 만족스러웠다. 무엇보다도 경찰관들의 태도가 지바와 비슷했다. 어떤 면에서는 지바보다도 좋았다. 지바현경에서는 '도쿄신문에 실린다고 누가 읽기는 하는 거야?'라는 비아냥을 들은 적도 있지만, 사이타마에서는 발품을 팔아 기사를 쓰는 기자들 모두를 높게 평가해주었다.

오랫동안 사건을 취재하면서, 1차 정보뿐 아니라 사건의 배경에 대해서도 보다 넓고 깊게 취재해야 한다는 걸 깨달았다.

사이타마에서 아동학대사건을 취재한 적이 있다. 한 자산가의 집에서 모친이 아이를 방치한 탓에 아이가 사망한 사건이었다. 발견 당시 아이는 분뇨 더미 속에 눕혀져 있었다고 한다. 견디기 힘들 정도로 마음이 아팠다. 주변 사람들의 이야기를 들어보니 모친이 고립된 환경에 놓여 있었다는 사실을 알게 됐다.

그 후 열린 재판에 피고의 친어머니, 즉 아이의 외할머니가 나타났다. 화려한 복장에 번듯한 용모인 어머니와 달리 피고는 수수한 인상이었다.

피고는 어린 시절부터 어머니가 집을 비우는 일이 잦아 외롭게 컸단다. 육아 문제를 상의할 사람도, 도와줄 사람도 없어서 키울 자신이 없었다고 호소했다. 학대는 그렇게 이어지는 것일까? '마귀 엄마'라는 말에 가둘 수 없는 피고의 고독과, 그것을 상대할 수밖에 없었던 아이의 아픔을 생각했다.

괴로운 사건에는 감정이 이입되기 마련이다. 오며 가며 차 안에서 많이도 울었다. 다른 기자들도 실제로 눈물을 흘리는지는 잘 모르겠지만, 모두 같은 마음이지 않을까 싶다.

기자로서 눈치도 늘고 취재 보람도 있는 사이타마에서 현장 기자만의 기쁨을 확인할 수 있는 순간들이 많았다. 다시 본사 사회부로 돌아온 2009년 8월, 결혼이라는 인생의 큰 전환점을 맞았다.

그토록 바라던 신문기자가 된 후에 가장 영향을 많이 받은 기자를 한 명 꼽으라면 가장 먼저 남편의 이름이 떠오른다. 취재 방법이나 취재원을 파고드는 방법 등 모든 면에서 대단한 사람이다. 공적으로든 사적으로든 지금도 남편을 존경하고 있다.

2011년에는 첫째 딸을 낳았다. 그해 3월 11일, 동일본대지진으로 도쿄전력 후쿠시마 제1원전에서 사고가 발생했다. 편집국 내에서는 정치부, 사회부 구분 없이 지진 및 원전 사고 보도에 하나가 되어 임했다.

나도 도움이 되고 싶었지만 몸이 무거워서 움직일 수조차 없었다. 입덧도 점점 더 심해져서 결국 3월 중순부터 1년간 육아휴직을 하게 됐다.

복귀한 것은 2012년 4월. 사회부에서 도내판都內版을 담당하려나 싶었는데, 그 예상은 좋은 의미에서 빗나갔다. 나는 경제부로 배정되었다. 두 젊은 기자와 함께 경제산업성 담당 기자로 일하게 되었다.

그러나 출산 전과 비교해 달라진 게 많았다. 우선 심야나 이른 새벽 취재는 아예 할 수가 없었고, 어린이집에서는 시도 때도 없이 아이가 열이 난다며 연락을 해 왔다. 원전 사고로 가장 시끄러웠던 시국에는 에다노 유키오枝野幸男 장관의 밀착 회견이 오후 7시부터, 곧바로 원전 오염에 관한 지식인 연구회 회견이 9시부터 시작될 만큼 바쁜 나날이 이어졌다.

도저히 육아와 일 모두를 당해낼 수 없었다. 밤중에 몇 번이고 우는 아이 때문에 잠에서 깼고, 그 와중에 수유도 해야 해서 수면 부족으로 엄청 고생했다. 온 힘을 다하지 못하는 나 자신을 마주하며 초조한 기분마저 들었다.

그때 경제부 도미타 히카루富田光 부장이 건네준 말이 큰 도움이 되었다.

"매일 있는 취재에 너무 구애받지 말고 주제를 좁히는 대신 더 강한 문제의식을 갖고 파보면 어때?"

마음처럼 취재하지 못하는 나를 안쓰럽게 여긴 부장이 건넨 조언을 듣는 순간, 한 줄기 빛이 비치는 느낌이었다.

잇따른 문전박대 속에서

도미타 부장의 조언은 둘째 출산 후 육아휴직을 마치고 복귀한 2014년 4월이 되어서도 내 마음속에 자리하고 있었다. 마침 그해 4월 1일, '무기수출 3원칙'이 철폐되고 '방위장비이전 3원칙'이 내각회의에서 새롭게 결정되었다.

당시에는 집단적자위권을 용인하기 위해 헌법 9조 해석을 변경하려던 아베 정권을 향해 사회적 비판이 가해지던 때였다. 헌법학자를 비롯한 지식인들이 목소리를 높여 위기감을 호소하던 가운데, 도미타 부장은 이렇게 제안했다.

"이 방위장비이전 3원칙도 상당히 중요한 문제인데, 어디서도 크게 다루고 있지 않아."

사토 에이사쿠^{佐藤栄作} 총리가 1967년 4월 국회 답변에서
처음으로 표명한 무기수출 3원칙 아래에서는, 무기 수출이
나 국제공동개발에 대해 그때마다 예외 규정을 설정해 왔
지만, 기본적으로 신중한 자세를 취해왔다.

반대로 아베 정권이 정한 방위장비이전 3원칙에서는 무
기 수출입이 실질적으로 해금되었다. 이때까지와는 분명
다른 움직임이었다. 방위성 기자클럽에 들어가 취재를 계
속하면서 정치와 군사 문제에 큰 관심이 없었던 나조차도
정체 모를 두려움을 느꼈다.

이제껏 무기와는 상관없던 일본 기업의 고도 기술이 세
계의 무기 시장과 연결될지도 모른다. 일본이라는 나라의
존재 방식 자체가 달라지는 게 아닐까. 미래를 짊어질 아이
들을 위해서라도 지금 상황에 조금이나마 경종을 울릴 수
있는 기사를 써야 한다는 초조한 생각이 밀려왔다.

하지만 취재는 쉽지 않았다. 이 문제에 대해 내가 몇 차
례 기사를 쓰자 미쓰비시^{三菱}와 가와사키^{川崎} 중공업을 비
롯한 대기업부터 중소기업, 하청업체에 이르기까지 모든
방위산업체가 내 인터뷰를 거절했다. 그들 사이에 '도쿄신

문 모치즈키 기자의 취재에 응하지 말라'라는 고시문이 전달되어 있었던 모양이다. 전화를 걸어도 "모치즈키 씨에게는 대답하지 말라는 지시가 있어서요"라며 말할 필요도 없다는 듯 끊어버리고, 직접 방문해도 문전박대당하기 일쑤였다.

그렇다고 해서 방위산업에 종사하는 모든 사람이 방위장비이전 3원칙에 동의한다고는 할 수 없다. 취재를 거듭할수록 '정말 이대로 괜찮을까?' 하는 의문을 갖고 우려를 표하는 사람들이 생겨났다. 익명을 보장하는 조건으로 취재에 응하는 관료와 연구자가 하나둘씩 나타나기 시작했다.

이러한 목소리를 차근차근 모아 조금씩 기사를 썼다. 방위성 간부에게 '그따위를 기사라고 쓰다니!', '당신은 국방을 몰라!' 하는 설교를 들으며 몇 번이고 압박을 받았지만, 그렇다고 해서 쉽게 굴복할 수는 없었다. 다른 한편에서는 '일본의 기밀이 해외로 흘러 나갈지도 모른다', '사실은 하고 싶지 않다'라는 관계자들의 목소리도 들려왔기 때문이다.

3장

방관자가
되어도
괜찮은가

PRESS

편집국장에게 직접 호소하다

1면에 난 기사 제목을 보고 깜짝 놀랐다. 아사히신문이 2017년 2월 9일 자 조간에 탐사보도 특종기사를 실었다.

> **학교법인에 오사카 국유지 매각**
> **가격은 비공표, 인근 지가의 10%?**

지금까지도 이어지고 있는 모리토모 스캔들이 처음으로 드러난 순간이었다.

국민 재산인 오사카부 도요나카豊中 시내의 국유지가 부당하게 거래되었다는 의심은 물론, 토지를 구입한 모리토모 학원森友學園이 개교를 예정하고 있던 한 사립초등학교의 명예 교장 자리에 아베 총리의 부인인 아키에昭惠 씨가 취임했다는 사실이 쓰여 있었다. 예상대로 큰 혼란이 순식간에 국회를 덮쳤다.

모리토모 학원이 '아베 신조 기념 초등학교' 명목으로 기부금을 모금했다는 한 민진당 의원의 지적에, 아베 총리는 몰랐다고 답하며 사립초등학교 인가나 국유지 매각에 관해 딱 잘라 말했다.

"나나 내 아내가 관련이 있다고 판명되면 총리는 물론 국회의원도 사직하겠습니다."

아사히신문에 이어 요미우리신문, 마이니치신문이 연일 모리토모 스캔들을 보도했다. 이제는 '모리토모 의옥森友疑獄'이라고 불리는 상황이지만, 처음 도쿄신문은 이 사건에 그다지 적극적이지 않았다.

취재의 무대는 서일본 지역인 오사카였다. 아이치현을 중심으로 주부中部·긴키 지방과 간토 지방 1도 6현을 아우르는 지방지 주니치·도쿄신문은, 그쪽까지 인원을 할당하기에는 어려운 체제였다. 그래서 교도통신에서 보도하는

의옥疑獄이란 고관이 연루된 대규모의 뇌물수수 사건을 가리킨다.

모리토모 뉴스만을 받아서 게재했다. 당연히 지면에서 다루는 크기도 작았다.

3월쯤 되자 무시할 수 없을 정도로 사건이 확대됐다. 나는 과감히 스가누마 겐고菅沼堅吾 편집국장에게 직접 메일을 보냈다.

'모리토모 문제는 아베 아키에 부인과 재무성까지 얽혀 있을 가능성이 높습니다. 우리도 적극적으로 취재하는 것이 좋다고 생각합니다.'

토지 가격 할인 문제는 관할청인 재무성도 연관되어 있을 거라고 생각했다. 무엇보다 나는 부정 사건 취재를 너무나도 좋아했다. 이 문제를 더욱 파헤치고 싶었다.

모든 신문을 꼼꼼히 챙겨 읽고, 사건과 정치의 흐름을 날카롭게 파악하는 스가누마 편집국장은 편집국 전체를 진두지휘하는 맹렬한 분이다.

메일을 보낸 다음 날 사회부 부장에게 전화가 왔다. 그때까지는 무기 수출과 공모죄˙ 취재반에 속해 있었는데, 모리토모 문제를 쫓는 팀에 들어가라는 지시를 받았다. 팀이라고 해봤자 구성원은 10명 남짓이었다. 대부분이 정치부소속이었고 사회부 기자는 나뿐이었다. 국회 논의를 포함

116 방관자가 되어도 괜찮은가

해 모리토모 문제를 빈틈없이 추적하자는 분위기가 만들어졌다. 큰 사건을 오랜만에 맡게 되어 흥분되기 시작했다.

스가노 다모쓰 씨가 갖고 있던 수령증

메일을 보냈던 스가누마 편집국장과는 특별한 인연이 있다. 스가누마 편집국장은 내가 2004년 사회부 사법 담당 기자로서 일치련사건을 추적하고 있을 당시 사회부 부장이었다. 요미우리신문으로 이직을 고민하던 2003년 8월, 사회부로 인사이동이 결정되었을 때 도쿄지검 특수부가 다루는 사건을 취재하고 싶다는 나의 요청을 흔쾌히 수락해주신 분이기도 하다.

스가누마 국장은 내 메일을 받은 후 바로 각 부서 부장들

일본의 '조직적인 범죄의 처벌 및 범죄수익의 규제 등에 관한 법률'의 제2장 '조직적인 범죄의 처벌 및 범죄수익의 몰수'에 신설된 '조직적인 범죄의 공모죄'의 약칭이다. 2005년부터 여러 차례 폐안을 거쳐, 2017년 정기국회에서 '공모죄'의 구성요건을 수정하여 '테러 등 준비죄'를 신설한 '조직적인 범죄의 처벌 및 범죄수익의 규제 등에 관한 법률 등의 일부를 개정하는 법률안'이 제출 및 성립되었다.

을 소집하여 모리토모 스캔들을 중점적으로 취재하라는 새로운 방침을 제시했다고 한다. 뒤이어 내게 고맙다는 메일도 보내주셨다. 이렇듯 소통이 원활한 편집부 환경에 감사했고, 특히 스가누마 국장의 행동력과 신속한 판단에 새삼 존경하는 마음을 갖게 되었다.

하지만 모리토모 스캔들 취재는 쉽지 않았다. 당국이 움직이고 있는 상황도 아니어서 다른 사건 취재처럼 늦은 밤 경찰이나 검찰을 덮치거나 아침 일찍 달려가 취재를 하는 것은 아무 소용이 없었다.

이런저런 고민을 하고 있을 때, 모리토모 학원을 취재하고 있던 요코가와 게이키橫川圭希 씨에게 당국에 가기보다는 스가노 씨를 체크하는 편이 좋을 거라는 조언을 들었다.

스가노 다모쓰菅野完 씨는 베스트셀러 『일본회의의 연구日本会議の研究』의 저자로, 그때까지도 모리토모 학원 이사장인 가고이케 야스노리籠池泰典 씨와 친분이 있는 사이였다.

3월 15일, 이미 건설 중이던 '미즈호국瑞穂の國 기념 소학원'의 설립 인가 신청을 직전에 철회하고 모리토모 학원 이사장도 사임하겠다고 밝힌 가고이케 씨는 도내에서 열릴 예정이었던 기자회견을 돌연 취소한 후, 미나토구港区에 있는 스가노 씨 자택으로 향했다.

아나나 다를까, 현관 앞에는 많은 취재진이 몰려와 있었다. 가고이케 씨 대신 기자들 앞에 선 스가노 씨는 2장의 사진을 손에 들고 "모리토모 문제는 이 사람으로부터 시작됐다"라며 사코타 히데노리迫田英典 국세청장을, "사학심의회를 왜곡시킨 것은 이 남자이다"라며 마쓰이 이치로松井一郎 오사카 부지사를 지목했다.

사코타 국세청장은 모리토모 학원에 국유지가 매각되던 당시 재무성 이재국장*이었다. 국유지는 평가액 9억 5,000만 엔 중 8억 2,000만 엔에 달하는 쓰레기 철거 비용 등을 제외한 1억 3,400만 엔의 가격으로 모리토모 학원에 매각되었다. 그다음 날 가고이케 씨는 아베 총리가 아키에 씨를 통해 100만 엔을 모리토모 학원에 기부했다고 전했다.

스가노 씨가 키맨이라고 생각하며 그의 자택으로 향했다. 트위터 프로필에 주소뿐 아니라 전화번호도 쓰여 있어서 접촉하기는 쉬웠다. 그는 개인정보를 밝히는 이유를 이

---

* 재무성은 한국의 기획재정부에 해당하는 일본의 중앙행정기관이다. 이재국은 재무성 내부 부국의 하나로, 국채, 재정투융자, 국유재산 관리 등을 담당하고 있다.

렇게 설명한 적이 있다.

"인터넷상에서 떠도는 가족에 대한 악플을 막고 싶으면 주소 등 개인정보를 전부 공개하면 됩니다."

실제로 트위터에 주소를 공개한 직후, 가족에 대한 비방이나 악성 댓글이 없어졌다고 한다. 자식이 있는 나로서는 도저히 상상할 수 없는 일이다. 용기 있는 행동이라고 생각하지 않을 수 없었다.

아키에 씨는 "남편이 전해주라네요"라는 말과 함께 봉투에 든 현금 100만 엔을 가고이케 씨에게 건넸다. 그날이 9월 5일 토요일이었기 때문에 주말이 지나고 나서야 우체국에 가서 모리토모 학원 계좌로 입금할 수 있었다고 한다. 모리토모 학원 측이 부본으로 받았던 수령증을 확보한 스가노 씨는 우리에게 실물을 보여주었다.

만일 이것이 사실이라면 엄청난 사건이었다. 충격과 흥분을 느끼며 수령증 사진을 찍어 편집부에 보냈다.

엄마에게 무슨 일이…

회사로 돌아왔다가 다시 스가노 씨 자택으로 향했다. 조금 전까지는 나 혼자였는데, 그새 기자의 수가 늘어나 있었다. 수령증 이야기를 듣고 신문 및 방송기자들이 몰려든 것이다. 방송국 기자들까지 총 40명에 달했다.

스가노 씨는 취재현장을 트윗캐스팅Twitcasting* 을 통해 생방송으로 내보내자고 제안했다. 심야 및 새벽의 기습 취재에만 익숙했던 나는, 새로운 취재 방법이 놀랍고 신기했다. 취재 도중 흥분해서 "이러면 관저가 폭발할지도 몰라!"라고 중얼거렸던 말이 방송에 나가는 실수를 저지르기도 했다.

그 후 스가노 씨는 모리토모 학원의 새로운 이사장으로 취임한 지나미町浪 씨를 취재해보자고 제안했다. 지나미 씨 인터뷰는 밤 11시를 훌쩍 넘어서야 끝이 났다.

아무래도 길어질 것 같아서 그날 오후 미리 친정 엄마에게 전화를 해두었다. 아이들을 데리고 와서 밤까지 돌봐달라고

* 일본판 유튜브로 불리는 트윗캐스팅은 별다른 동영상 변환 작업 없이 촬영하여 모바일이나 PC로 손쉽게 생중계 서비스를 할 수 있다.

부탁드렸다. 전화기 너머로 "좀 힘든데…"라는 난감한 목소리가 들려왔지만, 아무래도 늦게 끝날 것 같아 "정말 죄송해요. 오늘만 좀 부탁드릴게요"라고 말하며 전화를 끊었다.

그날은 집으로 돌아가자마자 잠들어버렸다. 이튿날 아침, 아이들과 함께 자고 있던 엄마를 본 순간 받았던 충격을 지금도 잊지 못한다. 엄마는 너무나 야위어 있었다.

입고 있던 셔츠 위로 쇄골과 늑골이 튀어나와 있었고, 눈가도 푹 꺼져 있었다. 원래 나보다 키는 작았지만, 그래도 체중은 38킬로그램 전후였다. 놀란 나는 엄마를 깨워 체중을 재보라고 재촉했다. 나쁜 예감은 틀리지 않았다. 엄마는 고작 32킬로그램밖에 되지 않았다.

작년에 키우던 강아지가 죽고 엄마는 이른바 펫로스 증후군° 상태에 빠져 있었다. 그 때문에 기운이 없는 줄만 알았는데, 다른 문제가 있는 것이 분명했다. 당장 병원에 모시고 가려 했지만, 그날은 토요일인 데다가 오사카에 강연 일정이 잡혀 있었다. 당일에 강연을 취소하기는 어려웠다. 바로 오빠에게 전화를 걸었다.

° 반려동물과 사별하거나 잃어버린 것을 계기로 발생하는 질환 또는 심신의 증상.

"엄마가 아무래도 이상해. 오빠가 오늘 꼭 병원에 같이 가줘."

저녁이 되자 오빠에게 전화가 왔다. 엄마가 전화를 바꾸었다.

"췌장 부분에 그림자가 보인대. 내일 다른 병원에서 한 번 더 진찰을 받아보기로 했어."

순간, 직관적으로 췌장암일지도 모른다는 생각이 들었다. 믿기지 않는 사실에 슬퍼할 틈도 없었다. 바짝 야윈 엄마의 모습을 떠올리며 어쩌면 병이 이미 상당히 진행되었을지도 모른다는 생각이 머릿속을 맴돌았다.

다음 날 데스크와 부장에게 전화를 걸어 사정을 설명했다. 집에서 가까운 병원에 엄마를 입원시키고 시간이 허락하는 한 엄마 곁에 있었다. 짬이 나면 밀려 있던 원고를 썼다. 회사는 당분간 자유롭게 출퇴근할 수 있도록 나를 배려해주었다.

"고마워, 고마워"

엄마 몸 상태가 심상치 않았다. 조바심은 커져만 가는데,

무엇을 어떻게 하면 좋을지 몰라 막막했다.

모친이 췌장암으로 돌아가신 다른 회사 선배가 떠올라 전화를 걸었다. 암을 발견하고 2개월도 채 되지 않아 이별을 맞았다고 했다.

"정말 하루가 다르게 나빠지니까 가능한 한 같이 있는 게 좋아."

주치의는 정밀검사 결과 이미 암세포가 다른 부위까지 전이되어 손을 쓸 수 없는 상태라고 했다. 치료가 불가능할 정도로 상당히 진행되어 있었다.

지난 1월 말, 피부 상태가 갑자기 나빠졌다는 엄마의 연락을 받았다. 그보다 1년 전에도 같은 증상이 있었지만, 당시 유행하던 효소 단식법에 따라 식단 조절을 했더니 1주일 만에 깨끗해졌다.

"괜찮아요? 병원에 가는 게 좋지 않겠어요?"

엄마는 이번에는 효소가 없는 단식을 시작했다고 말했다. 주치의는 아마 단식으로 인해 충분한 영양소를 섭취할 수 없어서 기존에 있던 암세포가 날뛰어 복부 전체로 전이된 것 같다고 설명했다.

입원 후에도 상태는 점점 더 악화되었다. 골든위크*까지

3장 방관자가 되어도 괜찮은가

살아 계실지 확신할 수 없다는 시한부 선고를 받았다. 병을 발견한 이후 한 달도 채 살지 못할지도 모른다니…. 거의 매일같이 엄마 곁을 지키던 나는 어쩌면 남은 시간이 더 짧을지도 모른다고 느꼈다.

엄마는 점점 쇠약해지는 모습을 나 이외에는 아무에게도 보여주고 싶어 하지 않았다. 내 남편뿐 아니라 시어머니까지도 될 수 있으면 만나고 싶지 않다고 했다. 외삼촌은 엄마 곁에서 매년 엄마와 교토를 여행하며 맛있는 것을 먹곤 했던 추억을 나누었다. 왜 좀 더 일찍 눈치채지 못했던 걸까. 가족들 모두가 후회스러운 마음이었다.

어느 날 낮잠을 자고 일어난 엄마가 꿈 이야기를 들려주었다. 우리가 다 컸을 때쯤에 엄마는 기공을 배우러 다녔다. 당시 선생님에게 제자로 들어오라는 제안을 받았지만, 선생님처럼 몰두할 자신이 없어서 거절했다고 들었다. 함께 기공을 배웠던 중학교 시절 친구와도 소원해졌다.

꿈속에 그 선생님이 나타났다고 한다. 제자로 들어오라는 제안을 거절한 일이나 그렇게 친구와 소원해진 것을 후

4월 말~5월 초 사이 공휴일이 모여 있는 일주일.

회하고 있는 건 아닐까 싶어 그 친구를 찾아보기로 했다. 어떻게 연락이 닿아서 엄마의 소식을 전하자, 먼 길을 달려와주셨다.

"그동안 정말 보고 싶었어…."

자식들 이외에는 좀처럼 만나고 싶어 하지 않던 엄마가 눈물을 뚝뚝 흘렸다. 친구분도 "지난 일은 모두 잊었어. 날 불러줘서 고마워. 이렇게라도 만날 수 있어서 너무 좋다" 하면서 기뻐했다.

후에 유품을 정리하다가 옷장 속에서 기공 선생님의 편지를 발견했다. 엄마에게는 너무나 소중한 것이었던 모양이다. 당시의 자세한 상황을 듣지는 못했지만, 오랫동안 마음에 두고 있었던 것만은 알 수 있었다. 수십 년 만에 재회한 친구를 보며 엄마의 마음속 응어리가 풀어진 것처럼 보였다. 별건 아니지만 이렇게나마 효도할 수 있었다.

엄마와의 이별은 4월 19일 이른 아침에 찾아왔다.

처음 병원에서 진단을 받은 지 꼭 한 달이 되기 하루 전날 밤이었다. 간병을 막 끝내고 집으로 돌아오자 오빠에게 전화가 왔다. 엄마가 위중한 상태라고 했다. 서둘러 다시 병원으로 향했다.

오빠와 나 그리고 남동생 부부가 지켜보는 가운데, 엄마의 손발이 차가워지고 있었다. 해가 뜨기를 기다렸다가 바로 지바현에 사는 외삼촌에게 연락했다.

엄마에게는 세 명의 오빠가 있었는데, 큰 외삼촌이 엄마를 가장 귀여워해주셨다.

"알았다. 지금 곧 갈게"

외삼촌이 운전해서 오는 사이, 엄마는 급속도로 위독해졌다. 외삼촌께 전화를 드렸다.

"엄마께서 이제 곧 가실 것 같아요. 외삼촌, 마지막으로 한 말씀 해주세요."

엄마 귀에 갖다 댄 전화기 너머로 외삼촌의 목소리가 들려왔다.

"세 아이 키우느라 애 많이 썼다. 지금까지 정말 고마웠어."

그 순간, 엄마의 몸이 살짝 움직였다. 숨이 끊어지기 시작한 순간에도 외삼촌의 목소리를 알아들은 게 아닐까. 엄마는 침대 곁에 서 있던 우리들 모두와 시선을 맞췄다.

"고마워, 고마워."

오전 7시쯤 힘들게 입을 떼며 마지막 말을 내뱉었다.

신문기자가 된 것은

육체는 사라져도 영혼은 영원히 존재한다고 믿었던 엄마는 입원하고 나서도 인간인 이상 죽기 마련이기 때문에 솔직히 죽음은 무섭지 않다고 이야기했다. 투병으로 힘들어하기는 했지만 두려워하거나 우는 등 직접적으로 감정을 내비치지는 않았다.

항상 "이소코, 고마워. 무리하지 말아라. 아이들이 우선이야. 나는 나중에 해도 된다" 하면서 나를 배려해주었다. 힘을 북돋아드려야 할 내가 오히려 격려를 받은 나날이었다. 두려워하지 않고 덤덤하게 죽음을 향하는 각오가 전해져왔다. 엄마는 온화한 표정으로 68년간의 생애를 마감했다.

병실에서 혼자 지내면서 분명 외로운 순간들도 많았을 것이다.

"네가 곁에 있어주는 것만으로도 안심이 돼."

이런 이야기를 들을 때면 필사적으로 눈물을 참았다.

중학교 2학년 때 엄마가 요시다 루이코 씨의 저서 『남아공, 아파르트헤이트 공화국』을 권해주지 않았다면, 기자가 되어 사건을 보도하는 일은 없었을 것이다. 초등학생 시절 연극의 즐거움에 매료되어 한때 배우를 꿈꿨던 것도 엄마의 영향이 컸다.

큰 목소리, 사람들이 쳐다봐도 주눅들지 않는 배짱, 감정이입을 잘하는 성격. 연극을 통해 몸으로 익힌 것들은 기자의 길을 걷는 데 좋은 밑거름이 되어주었다. 감사하는 마음으로 한 달간 엄마 곁을 지켰다. 엄마와 이야기를 많이 나누는 동안 내가 위로받는 느낌이었다.

"간병 때문에 자식들에게 폐를 끼치기는 싫다. 간병이 필요한 상황이 오면 집을 팔고 요양원에 들어갈 거야."

이런 말을 자주 하던 엄마답게 정말 눈 깜짝할 사이 떠나가셨다. 계속 슬퍼하고만 있으면 가까이에서 지켜봐주고 있을 엄마의 마음은 더욱 아플 것이다. 무엇보다도 해야 할 일들이 나를 기다리고 있었다.

엄마가 돌아가시고 1주일 정도 휴가를 받아 신문기자의 태도로 마음을 바꾸었다. 엄마가 입원할 때까지는 모리토모 스캔들로 시끄러웠는데, 그사이 더욱 큰 파도가 밀려오고 있었다.

아사히신문, '총리의 뜻' 특종

모리토모 스캔들을 추적하기 시작한 3월부터 에히메愛媛현에 제2의 모리토모가 있다는 소문이 돌기 시작했다.

민진당 아리타 요시후有田芳生 참의원 의원의 트위터와 주간지 《AERA》에 이어 다른 신문 및 잡지에도 보도되었고, 국회에서도 거론되기 시작했다. 당시 나는 모리토모 취재만으로도 힘이 부치는 상태여서, 이 건은 탐사보도에 능숙한 사회부 나카자와 마코토中澤誠 기자가 담당하게 되었다.

그렇게 맞은 5월 17일. 아사히신문이 조간 1면에 실은 특종기사가 상황을 완전히 뒤집었다. 아베 정권이 공모죄 법안 채택을 강행하려 하자 야당이 거세게 반대하던 무렵이었다.

> **가케加計 학원의 신설 학부는 '총리의 뜻',**
> **문부과학성 기록문서 발견**

아베 총리의 지인이 이사장을 맡고 있던 오카야마시岡山市의 학교법인 '가케 학원'이 국가전략특구˚로 선정되어 수의학부를 신설하는 과정에서 아베 총리가 영향력을 행사했다는 것이었다. 문부과학성[**]측이 특구를 담당하는 내각부로부터 작년 가을 받았던 요청 사항을 8매나 되는 내부 문서로 기록해두었다고 한다. 종잡을 수 없을 정도로 큰 파장을 일으켰다.

특히 충격적이었던 것은 내각부 측이 요청했다는 내용이다.

'관저의 최고위층이 말했다.'

'이것은 총리의 뜻이라고 들었다.'

특종을 뺏겼을 때는 진위를 확인한 후 우리도 후속취재를 이어갈 것인지 결정한다. 아사히신문의 보도가 사실이라면 지난 3월 국회 질의 시간에서 '내가 영향력을 행사하여 결정된 사항이라는 사실이 드러나면, 책임지겠다'라고 밝힌 아베 총리의 진퇴 문제로까지 확대될 수 있다.

진위를 확인하던 중 아사히신문이 이 기사를 17일 자 신

[*] 대담한 규제와 제도 개혁을 통해 성장을 꾀하는 국가전략이다. 세계에서 가장 기업을 운영하기 좋은 환경을 만드는 것을 목적으로 창설되었다. 현재 10개 지구가 운용되고 있다.

[**] 일본 중앙행정기관 중의 하나로 교육, 학술, 스포츠, 문화 및 과학기술의 진흥 및 종교 사무를 관할한다. 2001년 기존의 문부성과 과학기술청을 통합하여 설치되었다.

문의 최종판, 즉 도쿄 도심부에만 배달 및 판매되는 도내 한정판에 게재한 사실을 알게 되었다. 최종판 마감은 날짜가 바뀌는 심야에 이루어진다. 1면 구성을 긴급히 바꾸어 끼워 넣을 만큼 중요한 이야기였다는 말이다. 분명 무언가가 있었다.

알아보니 NHK가 그 전날 밤 〈뉴스체크11ニュースチェック11〉에서 아사히신문이 입수했다고 보도한 내부 문서를 앞서 다루었다. 그러나 보도의 핵심인 '관저 최고위층'이라는 문구가 기재된 문서는 검은색으로 칠해진 채 방송됐다.

이렇게 되면 내부 문서의 가치가 반감된다. 특종이 될 수 있는 중요한 정보가 드러나지 않기 때문에 타 방송국이나 신문사에서 다루지 않고 놓치고 지나가버리는 것이다. 내부 문서를 확보하고 있던 아사히신문이 유일하게 뒤이어 보도할 수 있었다.

마코 공주 보도의 뒤편에서

정치인들은 NHK가 앞질러 보도하는 것을 극도로 싫어

한다. 독점 기삿거리를 잡아도 대부분의 정치인들은 사실무근이라고 대응하는 경우가 많은데, NHK가 보도하면 부정할 수 없다는 생각이 커서 태도부터 달라진다. 보도 내용 그대로 인정하는 경우가 많다.

그만큼 대단한 영향력을 가진 NHK가 〈뉴스체크11〉에서 '관저의 최고위층'이라는 충격적인 문구를 숨겼다. 게다가 곧바로 기자회견을 연 문부과학성의 마에카와 기혜이 전 사무차관을 인터뷰까지 해놓고, 그 영상을 보도하지 않은 사실도 나중에 밝혀졌다.

더욱이 NHK는 같은 날 또 하나의 특종을 보도했다.

> 아키시노노미야秋篠宮 부부의 장녀인 마코眞子 공주가 대학 시절 동급생인 남성과 약혼할 것으로 보인다

약간 불경스러운 표현일지는 모르겠지만, 개인적으로 엄청난 위화감이 들었다. 약혼할 것 같다는 소식이 특종으로 보도될 만큼 가치 있는 것일까. 관저와 NHK는 아사히신문이 집요하게 파고들어 보도할 줄은 몰랐던 모양이다.

도쿄신문도 팀을 짜서 확산될 조짐을 보이던 가케 학원 스캔들을 다루기로 했다. 사회부장은 이전부터 가케 학원을

취재했던 나카자와 마코토 기자와 문부과학성 담당 고바야시 유이小林由比 기자, 그리고 나를 취재기자로 지명했다.

존경하는 요미우리신문이⋯

아사히신문에서 특종기사를 낸 후 정례회견에 임한 스가 요시히데 관방장관은 문제가 된 내부 문서에 대해 딱 잘라 말했다.

"괴문서입니다. 출처도 명확하지 않습니다."

"관저의 최고위층이 연관되어 있다든지 총리의 뜻이라는 말은 터무니없는 거짓입니다. 총리에게 그 어떤 지시도 받지 않았습니다."

문부과학성과 내각부가 내부 조사에 착수했지만, 조사는 한나절 만에 끝났다. 마쓰노 히로카즈松野博一 문부과학성 장관은 문서의 존재는 확인할 수 없었다며 조사를 중단하겠다고 밝혔다.

겨우 한나절 진행된 내부 조사로 무엇을 알 수 있다는 말인가. 무엇보다 조사가 시작되기도 전에 정부 대변인인 내각 관방장관이 '괴문서입니다'라고 단언하는 것에 놀랐다.

무언가 돌파구가 없을까 생각하던 중, 그때까지의 내 생각을 완전히 뒤집는 기사가 보도됐다.

마에카와 전 차관, 문부과학성 재직 시절 '토킹 바' 출입

요미우리신문이 5월 22일 자 조간 사회면에 무려 세로 3단을 차지하는 독점 기사를 실었다. 지면을 본 순간, 마에카와 기헤이 전 사무차관이 무슨 큰 죄를 저지른 것인가 하고 눈을 의심했다.

기사를 읽고 나서는 다른 의미로 눈을 의심했다. 토킹 바는 매춘과 원조 교제의 온상이라고 쓰며 마에카와 전 차관과 성적 스캔들을 결부하려 했지만, 확실한 증거가 될 만한 어떤 사실도 담겨 있지 않았다.

입사 후 지바지국에서 일하던 시절부터 요미우리신문의 치밀한 사건 보도 능력에 존경심을 품어왔다고 여러 번 이야기했다. 두 번씩이나 이직을 권유받았던 것도 매우 기쁘게 생각해왔다. 기자들도 시원시원하고 잘난 척하지도 않아서 호감을 갖고 있었다.

그 요미우리신문이 위법행위를 저지르지도 않은, 심지어

현재는 공인도 아닌 마에카와 씨의 사생활을 보도하는 의도를 도무지 이해할 수 없었다. 더구나 최근 요미우리신문에서는 탐사보도의 장벽도 높고, 사건과 이어지지 않는 한 의혹만으로는 기사를 쓰지 않거나 쓰지 못한다고 들었다. 야당 의원을 비판하는 기사만 하더라도 적정 보도위원회까지 설치하여 게재하기 적절한 기사인지를 체크한다고 한다.

혹시 관저 측에서 유출된 내부 문서의 출처로 의심되는 마에카와 씨를 사회적으로 매장하고 내부 문서에 대한 신뢰성을 떨어트리려는 것은 아닐까? 그렇게 생각하니 요미우리신문답지 않은 기사도 납득이 갔다. 물론 두 곳 모두 부정하고 있으며, 어디까지나 나의 추측일 뿐이다.

'빈곤조사'는 납득할 수 없다

요미우리신문의 토킹 바 보도 직후 《주간분슌週刊文春》과 아사히신문에 마에카와 씨의 인터뷰가 실렸다. 같은 날 가스미가세키에 위치한 변호사 회관에서 마에카와 씨의 기자회견이 열렸다. 냉방이 끊긴 좁은 실내에 신문기자, 사진 및 TV 촬영기자 등 100여 명이 몰리는 바람에 마에카와 씨를 포함한 기자들 모두가 땀으로 흠뻑 젖은 채로 진행된 회견이었다. 전 사무차관의 전대미문의 고발에 열기와 흥분이 소용돌이쳤다.

이 기자회견이 이례적이었던 것은 예정된 시작 시간 30분 전까지 장소가 공지되지 않았던 점이다. 지금까지 여러 기자회견에 가봤지만 이런 적은 처음이었다. 만일의 사태를 대비해 용기 있는 고발을 시작한 마에카와 씨의 신변을 보호하기 위해서가 아니었을까 싶다.

마에카와 씨는 땀을 닦으면서 진지하게 답변했다.

"제가 재직하던 중 작성된 문서임이 틀림없습니다. 문부과학성 간부들 사이에 공유되었을 때, 저도 받은 적이 있습니다. 제대로 조사하면 분명히 나올 것입니다. 있었던 것을 없었다고 할 수는 없지 않습니까?"

"수의학부 신설에 대한 규제완화는 아무 근거 없이 적신호를 청신호라고 하는 것과 다를 바 없으며, 그 경위를 보여주는 문서를 숨기는 일도 흰색을 검정이라고 하는 것과 같습니다."

"총리 관저나 내각 관방, 내각부 등 핵심 부서의 요청을 거스를 수 없는 분위기가 있습니다. 문부과학성은 공정함을 잃지 않고 최선을 다해 조사해주기 바랍니다."

회견 후반부에는 요미우리신문이 보도한 토킹 바에 대한 질문이 이어졌다. 마에카와 씨는 빈곤의 실태를 들여다보기 위해서 토킹 바를 방문했다고 설명했다. 의문이 남는 답변이었다. 정말 신뢰할 만한 사람일까? 직접 만나 확인해보고 싶었다.

사실과 추측을 구분하는 진지한 태도

얼마 후 문부과학성 출신 데라와키 겐寺脇研 교토조형예술대학교 교수를 통해 마에카와 씨와 직접 이야기를 나눌 수 있었다. 도쿄에서 이루어진 인터뷰였다. 사람들 눈에 띄지 않도록 현관이 아닌 별도의 통로로 들어가 건물 내에서 3시간 반 정도 이야기를 나누었다.

취재에 앞서 본사 캡에게 이런 지시를 받았다.

"상관없는 이야기는 묻지 말고, 바로 본론으로 들어가."

상관없는 이야기는 토킹 바를 다녔다는 의혹을 말한다.

캡의 지시를 그대로 따를 수는 없었다. 나로서는 마에카와 씨의 말을 있는 그대로 받아들일 수 없었기 때문이다.

취재원을 마음 깊이 신뢰할 수 있는가는 중요한 문제이다. 문제가 있다고 느껴지면 마에카와 씨가 어떻게 생각하든 나는 기자로서 비판해야 한다. 도중에 인터뷰가 중단될지도 모른다.

그런 생각으로 돌직구 질문을 계속 던졌다. 마에카와 씨는 성실하고 냉정하게 자신이 보고 들은 사실과 추측의 영역인 의견을 구분하면서 논리정연한 답변을 해주었다.

인터뷰 초반 토킹 바에 다녔던 것을 빈곤 실태를 파악하기 위한 '시찰조사'라고 해명한 것은 조금 억지스러웠다고 하자 마에카와 씨는 어안이 벙벙한 표정으로 말했다.

"그럼 탐험이라고 했으면 좋았을까요?"

토킹 바에서 대화를 나눈 여성들 중에는 고등학교를 졸업하지 않은 사람이 많다고 한다. 대부분이 이수 단위를 충족하지 못한 채 학교를 떠났고, 먹고살기 위해 그곳에서 일하고 있다는 이야기를 들었다.

'일본 고등학교 교육과정 중 수학은 너무 어렵지 않은가?'

문부과학성에 재직하던 시절, 경우에 따라 고등학교 졸

업자격 중에서 수학은 배제해도 되지 않냐고 주장한 적이 있었는데, 아무도 동의하지 않았다고 한다.

등교를 거부하고 자유 학교free school 등 민간 교육 시설을 다니는 학생들이 있다. 마에카와 씨는 이러한 실태를 인정하고 학교 외의 다양한 교육을 적극적으로 지원함으로써 학생들의 자립을 도와야 한다고 지적했다.

그는 사무직 정상의 자리까지 올랐지만, 문부과학성 내부에서는 이단아 취급을 받았다고 한다. 규제 철폐론자로서 사람들의 기피 대상이었다. 평소 생각대로 사임 후에는 자원봉사 활동을 시작했다.

"가장 소중한 현장은 선생과 학생이 있는 배움터입니다. 현장에 있는 선생들이 늘 부러웠어요. 거기서 열심히 배우며 노력하는 사람들을 돕고 싶었습니다."

자주自主야간중학교에서 봉사할 때, 한자를 읽을 줄 알게 되었다며 기뻐하는 노인들을 보고 마에카와 씨는 가슴이 뜨거워졌다고 한다. 인터뷰 마지막 1시간은 미래를 짊어질 아이들을 위한 교육을 주제로 이야기를 나누었다. 야간중학교에 관한 문제의식을 담은 저서를 집필하고 있다는 사실도 말해주었다.

이즈미 보좌관과의 긴 인연

마에카와 씨를 인터뷰하며 가장 놀랐던 점은 요미우리신문에 토킹 바를 다닌다는 기사가 게재되기까지의 경위이다. 마에카와 씨에 따르면, 기사가 게재되기 이틀 전 요미우리신문의 문부과학성 담당 기자에게 갑자기 전화가 아닌 문자메시지가 왔다고 한다.

'토킹 바에 대해 듣고 싶습니다. 자칫하면 내일 지면에 실릴지도 모릅니다.'

마에카와 씨는 그 기자와 멀어졌다고 한다. 원래 문자메시지로 취재를 한다는 것은 큰 결례이다. 메시지를 무시하자, 다음 날 같은 기자가 다시 메시지를 보내왔다.

두 번째 메시지는 보다 상세한 질문이 여러 번에 걸쳐 들어왔단다. 무대가 된 신주쿠구 가부키초新宿区 歌舞伎町의 구체적인 가게 이름과 여성의 실명을 언급하면서 '이런 가게에 간 적이 있는가?', 'ㅇㅇ를 만난 적이 있는가?' 하는 내용이 적혀 있었다. 마찬가지로 '내일 기사가 실릴지도 모릅니다' 하는 협박성 문자로 마무리되었다.

이번에도 답하지 않자 문부과학성 초중등 교육국장인 후

배 후지와라 마코토藤原誠 씨에게 문자메시지가 왔다. 거기에는 의외의 인물이 쓰여 있었다.

"이즈미和泉 보좌관이 만나고 싶어 하십니다. 응해주시겠습니까?"

이틀 연속 메시지를 무시하자, 이번에는 제2차 아베 정권 발족 후 내각에서 중요한 자리를 맡아온 국토교통성 출신 이즈미 히로토和泉洋人 총리보좌관의 이름을 거론하고 나선 것이다.

생각할 시간을 달라고 답한 마에카와 씨는 그 이후 따로 연락하지 않았는데, 이튿날 아침 요미우리신문에 대대적으로 그의 기사가 보도되었다.

이즈미 총리보좌관은 누구인가? 그동안 취재해오면서 자주 들었던 이름이다. 경제부에서 무기 수출 관련 취재를 했을 당시, 이즈미 보좌관이 경제산업성과 재무성 간부들을 총리 관저 집무실로 불러 1조 엔 사업이라며 신칸센 사업을 포함한 여러 업무에 대해 구체적인 지시를 내렸다는 이야기를 들은 적이 있다.

이즈미 총리보좌관은 국토교통성 주택국장을 거쳐 내각

관방 참여(국가전략 담당), 총리보좌관을 장기간 맡아오고 있다. 아베 총리와 스가 관방장관의 '복심', '밤의 총리'라는 별명을 가진, 정권에서는 없어서는 안 될 기둥 같은 존재이다.

마에카와 씨와 이즈미 보좌관은 안면이 있는 사이였다. 작년 9월 초, 마에카와 씨는 총리 관저로 불려 가 수의학부 신설에 대한 대응을 서둘러달라는 지시를 받았다.

올해 7월 열린 중의원 예산위원회 폐회 중 심의에서 이즈미 보좌관은 자신의 개입을 전면적으로 부정했지만, 그 때 이런 말을 남겼다고 마에카와 씨가 증언했다.

"총리가 직접 말할 수는 없으니 내가 대신해서 전하는 것입니다."

신문사 취재에 응하지 않았더니 정권의 핵심 인물이 접촉을 시도해 왔다. 마에카와 씨는 일종의 위협을 느꼈다면서 덧붙였다.

"내 말을 들으면 당신에게 불리한 보도를 막아주겠다는 이야기가 아니었을까요?"

교육기본법 개정과 아베 신조 기념 초등학교

마에카와 씨는 겉으로는 따르는 척하면서 속으로 다른 마음을 먹는 것이 좌우명이라고 거리낌 없이 말하면서 아베 정권에는 위화감과 의문을 가질 수밖에 없었다고 했다. 그 발단은 제1차 아베 정권이 교육기본법을 전면적으로 개정하여 공포 및 시행했던 2006년 12월 22일로 거슬러 올라간다.

패전 직후 1947년 공포 및 시행된 구법은 '교육헌법'이라 불린다. 일본국 헌법에 제시된 이상을 실현하기 위해 교육의 힘이 필요하다는 내용을 담고 있다.

반대로 아베 정권의 추진으로 개정된 현행 교육기본법은 구법에서 규정하지 않았던 도덕 교육을 '공공의 정신'이라 칭하며 존중해야 한다고 강조했다. 구법에서는 다루지 않은 '애국심 교육' 역시 제2조 교육목표에서 이렇게 정해놓았다.

'전통과 문화를 존중하고 우리나라와 향토를 사랑하는 동시에 다른 나라를 존중하고 국제사회의 평화와 발전에 이바지하는 태도를 기를 것.'

편협한 내셔널리즘을 불러일으킬 수 있는 도덕 교육과 애국심이 명문화된 것이다. 제1차 정권 때부터 헌법 개정을 언급해온 아베 총리가 미래를 짊어질 아이들에 대한 교육 방침을 이전 단계로 되돌려놓았다.

마에카와 씨는 이 점에 의문을 품은 채 교육행정에 종사해왔다. 구법의 전문은 21세기인 지금도 통할 정도로 훌륭하다고 말하며 갑자기 암송하기 시작했다.

"우리들은 앞서 일본국 헌법을 확정하고, 민주적이고 문화적인 국가를 건설하여 세계의 평화와 인류의 복지에 공헌하겠다고 결의했다. 이러한 이상의 실현은 근본적으로 교육의 힘에 기대야 한다. 우리들은 개인의 존엄을 중시하고, 진리와 평화를 희구하는 인간의 육성을 도모하고, 보편적이면서도 개성 풍부한 문화의 창조를 지향하는 교육을 철저히 보급해야 한다. 여기에 일본국 헌법 정신을 되살리고 교육목표를 명시하여 새로운 일본 교육의 기본을 확립하기 위해 이 법률을 제정한다."

인터뷰 후반 교육에 대한 뜨거운 마음을 이것저것 이야기하며 구법 전문을 암송한 것도 놀라웠지만, 현재의 교육에 대해 내비친 부끄러운 마음도 인상적이었다. 동시에 그

동안 의문을 품고 있던 여러 가지 문제들이 꼬리에 꼬리를 물며 이어졌다.

모리토모 학원의 가고이케 야스노리 전 이사장은 왜 처음에는 아베 총리에게 푹 빠져서는 건설하고 있던 초등학교에 '아베 신조 기념 초등학교'라는 이름까지 붙이려 했을까? 가고이케 씨와 가까운 저술가인 스가노 다모쓰 씨를 통해 들은 바로는 2006년 12월에 있었던 교육기본법 개정이 그 계기가 되었다고 한다.

새로운 교육기본법과 교육칙어*가 시공을 초월하여 다시금 이어진 탓일까. 그때까지 쓰카모토 유치원에 다니는 유치원생들에게 교육칙어를 암송하게 했던 가고이케 부부는 수상하고 이상한 경영자로 평가되었다. 그런데 교육기본법 개정 이후 상황이 달라졌다. 가고이케 부부는 주위의 시선과 태도가 우호적으로 바뀌었다며 기뻐했다고 한다.

경제부 시절, 제2차 아베 정권 아래에서 해금된 무기 수

---

*근대 일본의 기본방침으로서 이른바 대일본제국 국민도덕의 기본과 교육의 근본이념을 명시하기 위해 1890년 10월 30일 반포한 메이지 덴노의 칙어이다. 이에 근거하여 충군 및 애국을 국민도덕으로 하는 학교교육이 실시되었다. 교육칙어는 1948년 6월 19일에 폐지되었다.

출 문제를 취재하던 때부터 패전 후 일본이 줄곧 지켜온 민주주의의 형태가 바뀌고 있다는 위기감을 느꼈다. 지금의 평화를 아이들에게 넘겨주기 위해서 일본이라는 나라가 지금 모습 그대로 나아가도 괜찮을지 수없이 고민했다.

인터뷰를 계속해가면서 마에카와 씨가 품은 생각에 점점 감정이입을 하기 시작했다. 내 안에서 형용할 수 없는 생각들이 이어졌다. 이렇게 되면 이제부터는 나의 차례이다. 위기감을 느끼며 머리가 뜨거워질 때, 내 생각을 공유하고 글로 정리해야만 비로소 침착해진다.

이튿날, 인터뷰의 핵심인 내부 문서 관련 내용을 조간 1면에 실어 내보냈고, 그다음 날 조간에는 주요한 1문1답 인터뷰를 크게 게재했다.

마지막에는 마에카와 씨가 했던 말로 끝을 맺었다.

'내 행동에 정치적인 의도가 숨어 있지 않을까 하는 의견도 있겠지만, 나는 단지 돈키호테일 뿐이다.'

내가 나서야만 한다

마에카와 씨의 생각에 더욱 공감하게 된 나는, 마쓰노 히로카즈 문부과학성 장관의 기자회견 내용을 주시했다. 하지만 마쓰노 장관의 회견에서는 아무것도 자세히 밝혀지지 않았다. 장관 혼자서는 내부 문서 재조사를 포함한 그 어떤 것도 결정할 수 없다.

취재를 거듭할수록 키맨은 마쓰노 장관이 아닌 것 같다는 생각이 들었다. 미묘한 입장을 알고 있던 마에카와 씨는 마쓰노 장관을 비판하지 않았고, 오히려 관저 사이에서 꼼짝 못 하는 그의 심정을 헤아리고 있었다.

가케 스캔들 배후에 관저 사람들이 암암리에 존재한다는 것이 분명해졌다. 그렇다면 누구에게 집중하면 좋을까?

내각 관방을 통괄하는 사람은 스가 요시히데 장관이다. 스가 장관은 월요일부터 금요일까지 매일 정례회견을 연다. 매일 매스컴 앞에 서는 사람은 스가 장관뿐이다.

총리 관저 홈페이지에서 스가 장관의 정례회견 영상을 몇 개 찾아봤다.

'응? 이걸로 끝이라고?'

맥이 빠졌다. 사건 취재를 할 때는 끊임없이 추궁하며 질문을 던지던 기자들이, 표정 하나 바꾸지 않고 '그 질문에는 대답하지 않겠다', '문제없다고 생각한다'라는 반응에도 질문을 이어가지 않았다. 그대로 다음 주제로 넘어가는 경우가 많았다.

"스가 씨에게는 아무도 파고들지 않네요?"

정례회견에 수차례 출석한 적이 있는 다른 기자들은 원래 회견은 조용한 분위기 속에서 진행되고 질의응답은 보통 10분이면 끝난다고 말했다.

'그러면 내가 직접 출석하는 게 나을 것 같은데?'

어느덧 이런 생각이 고개를 들었다. 이렇게 된 이상 멈출수도 없었다. 직접 나서서 정례회견장의 문을 열고 싶은 마음이 커져갔다.

"도쿄신문, 모치즈키입니다"

정치부장에게 스가 관방장관의 정례회견에 출석하고 싶다는 뜻을 밝혔다.

"좋아. 관저 캡에게는 미리 연락해둬."

앞서 설명한 것처럼 스가 관방장관을 담당하는 기자클럽은 내각기자회이다. 주로 정치부 기자들이 속해 있으며, 담당 기자들을 묶어 통솔하는 기자를 '관저 캡'이라 부른다. 기분 좋게 정례회견에 출석해도 된다는 허락을 받았다. 부서 간 장벽이 높은 다른 회사 기자들은 이 소식을 듣고 엄청 놀랐지만, 도쿄신문에서는 그렇게까지 드문 일은 아니다.

정부 부처를 명확하게 나누는 담당제를 실시하는 대형 신문사와 달리, 도쿄신문은 손이 모자랄 때는 '오늘은 저기로 가'라고 할 정도로 임기응변적인 시스템을 갖고 있다. 현장 기자 수가 대형 신문사보다 적은 만큼 부서 간 경계를 넘나들기 쉽다. 자유로운 분위기 속에서 일할 수 있는 건 정말 고마운 일이다.

하지만 정치부장은 내가 여느 기자들처럼 간단한 질문만 몇 개 던지고 나올 줄 알았을 것이다. 이런 소동이 벌어질 줄은 상상도 못 했을 터이다.

스가 관방장관의 정례회견은 원칙적으로 오전 11시와 오후 4시, 하루에 두 번 열린다. 장소는 지요다구 나가타초 千代田区 永田町에 위치한 총리의 공적 사무실인 총리 관저.

3장 방관자가 되어도 괜찮은가

기자회견실은 관저 1층에 있다. 스가 관방장관이 서는 단상 뒤편의 커튼은 엷은 파란색인데, 아베 총리는 와인레드나 짙은 파란색을 쓴다.

6월 6일 오전 11시. 기자회견장에 처음으로 발을 들였다. 이날은 그냥 둘러보자는 가벼운 마음으로 향했는데, 회견이 시작되자 질문하고 싶다는 생각을 억누를 수 없었다.

"도쿄신문, 모치즈키입니다."

연극으로 다져진 목소리를 있는 힘껏 짜냈다. 마에카와 씨의 인터뷰를 막 끝낸 후였던 터라 그와 관련된 질문을 건넸다.

"스기타 부장관은 마에카와 씨 같은 사무차관급 인사들의 신변을 조사하고 사찰하고 있는 게 맞나요?"

"모릅니다."

첫날부터 진행을 담당하던 남자에게 '질문은 간결하게 해주십시오'라는 주의를 듣고 말았다. 상황을 충분히 설명하고 질문을 하려 했던 것이, 너무 길다고 느껴진 모양이다.

기가 죽거나 조심해야겠다는 생각이 들지는 않았다. 스가 장관과의 대화에 집중하다 보니 회견장의 분위기도 전혀 신경 쓰이지 않았다. 눈치채지 못했다고 하는 편이 정확

할지도 모르겠다.

"마에카와 씨가 방문한 토킹 바와 같은 장소에 스가 장관께서 직접 가보시면 어떻겠습니까? 사람들이 어떤 실정에 처해 있는지를 아는 것이 지금 거론되고 있는 교육 무상화의 실용성을 판단하는 데 꼭 필요한 일이라고 생각합니다만."

잘 알지도 못하는 기자가 갑자기 회견에 나타나 이런 질문을 퍼붓는 것을 보며 스가 장관도 상당히 놀랐을 것이다.

"세간에서는 이러한 장소를 두고 매춘이나 원조 교제의 온상이라고 비난하고 있잖아요. 그렇다고 그런 가게에 계속 출입하라는 말은 아닙니다만, 빈곤 문제는 너무 중요한 사안이니까 여러 가지 차원으로 접근해야 하지 않을까요?"

결국 혼자 10분 이상 질문하고 말았다. 처음에는 약간 긴장됐지만, 점점 회견 자리가 익숙해지면서 더 많이 물어봐야겠다는 생각이 커졌다. 이후 나는 아베 관저에서 더욱 분노에 찬 인터뷰를 하게 된다.

4장

내가 할 수
있는 일은
무엇인가

PRESS

억누를 수 없는 생각

나는 금방 잠드는 편이다. 아이가 생기고 나서부터 생활 리듬이 완전히 바뀌었다.

아침에는 오전 7시쯤 일어난다. 아이들 아침을 챙겨 먹이고 어린이집에 맡긴 후, 9시쯤 일을 시작한다. 퇴근 후 아이들을 데리고 집으로 돌아와 씻기고 함께 저녁을 먹는다. 아이들을 재우고 나서 다시 일을 한다. 잠자리에 드는 것은 새벽 1시쯤이다.

심야와 새벽의 돌발 취재를 밥 먹듯이 하던 때와는 일상이 완전히 달라졌다. 그 무렵 취재를 함께 했던 사람들을 오랜만에 만나면 다들 얼굴색이 좋아졌다고 한다.

이렇듯 규칙적이었던 생활이 그날 밤만큼은 엉망이 됐다.

빨리 자야지 하고 눈을 감아도 여러 가지 생각이 머릿속을 맴돌아 정신은 더 또렷해졌다. 쉽게 감정이입을 하는 성격 탓인지도 모르겠다. 그만큼 그날의 취재로 받은 충격이 컸다. 같은 여성으로서, 무엇보다 한 사람의 인간으로서 억누를 수 없는 생각들이 끓어올랐다. 감정을 추스르지 못한 채 날이 밝았다.

내각기자회는커녕 정치부에도 소속된 적이 없었던 내가 총리 관저에 발을 들여 스가 요시히데 내각 관방장관의 정례회견에 출석한 지 한나절 정도 지났을 때였다. 신문기자로서 처음 참석하는 기자회견실의 독특한 분위기 탓에 크게 긴장하며 몇 가지 질문을 던졌다. 스가 관방장관의 무뚝뚝하고 퉁명스러운 태도 때문에 잠들지 못한 건 아니었다.

관저 정례회견에 참가한 뒤 오후 1시가 조금 지났을 무렵 프리랜서 저널리스트인 시오리詩織 씨를 인터뷰했다. 약 3시간에 걸친 긴 인터뷰였다.

인터뷰가 있던 날로부터 8일 전, 시오리 씨는 기자회견을 열어 성폭행 피해 사실을 호소했다. 피해자가 얼굴과 이름을 밝히고 사람들 앞에 서는 것은 매우 이례적인 일이었다. 가해자는 TBS에서 오랫동안 정치부 기자로 일하며 워싱턴 지국장 등을 역임하고 퇴사 후 프리랜서 저널리스트로 활동하던 야마구치 노리유키山口敬之 씨이다.

"저는 2년 전 강간을 당했습니다. 그때 사회적·법적 체계가 성범죄 피해자에게 얼마나 불리하게 작용하는지를 통감했습니다. 늦게나마 이야기하기로 결심한 이유는 피해자들이 처한 상황을 조금이라도 바꾸고 싶다는 생각이 강하게 들었기 때문입니다."

기자회견 자체를 직접 취재한 것은 아니지만, 시오리 씨의 눈물겨운 표정과 떨리는 목소리를 보고 듣는 것만으로도 원통함과 분함, 그리고 깊은 각오가 전해져 왔다.

기자회견 내용과 관계자들의 말을 종합해보면, 시오리 씨는 2015년 4월 3일 도내에서 야마구치 씨와 회식을 하고 그후 기억을 잃은 상태로 호텔에서 성폭행을 당했다고 한다. 이에 대해 야마구치 씨는 페이스북을 통해 전면 부인했다.

경시청은 4월 말 준강간죄로 시오리 씨의 고소장을 수리했다. 체포장이 발부된 6월, 경시청 수사원은 미국에서 귀국하는 야마구치 씨를 잡기 위해 나리타공항에서 대기하고 있었다. 그러나 그를 체포하기 바로 직전, 상부의 지시로 체포를 멈춰야만 했다.

결국 야마구치 씨는 구속되지 않았고, 관련 조서와 증거 물품만이 검찰에 송치되었다. 이듬해 2016년 7월, 도쿄지검은 혐의 불충분으로 야마구치 씨를 최종 불기소했다. 이 결정에 대해 시오리 씨는 2017년 5월 검찰심사회*에 심사를 신청했다.

시오리 씨는 당시의 상황과 느낌을 차근차근 써낸 A4 용지 6장 분량의 메모를 보도진에게 배부했다. 나도 회견에 출석했던 다른 기자에게 빌려 읽었다. 사실관계는 확인이 필요하겠지만, 메모를 본 순간 주체할 수 없는 감정이 끓어올랐다. 하지만 회견 당일 도쿄신문 사회부의 반응은 너무나 둔감했다.

---

* 11명의 국민으로 이루어진 감찰심사원이 검사의 불기소처분에 대해 적부를 심사하고 검찰 업무의 개선에 관해 건의 및 권고를 하는 제도이다. 검사의 직무에 일반 국민의 양식을 반영하여 적절한 운영을 도모할 목적으로 설치되었다.

남자들의 이상한 관대함

이튿날 조간 사회면 하단에 작은 제목으로 기사가 게재되었다. 단신기사였다. 이래서는 눈에 띄지도 않고, 마음을 굳게 먹고 기자회견에 임한 시오리 씨의 비장한 각오도 전해지지 않는다.

결국 본사 캡에게 소리를 지르고 말았다.

"왜 단신기사 취급하신 겁니까?"

"어쨌든 불기소되었잖아. 비슷한 상황에 처한 사람이 얼마나 많은데, 왜 이 사건만 크게 다루냐고 문제 삼을 수도 있어."

보도하는 사람이라면 28세 여성이 자기가 가진 모든 것을 걸고 짜낸 용기를 최소한 외면하지는 않아야 한다. 그런데 웬일인지 언제나 열의 넘쳤던 선배 기자도 주저하는 기색이 역력했다. 같은 남자라고 봐주는 느낌이 들어 화가 나서 어쩔 줄 몰랐다.

다른 신문사의 어떤 남성 기자는 데이트강간 약물date rape drug을 먹인 후에 성폭행을 한 것 같다는 시오리 씨의 주장에 의문을 던지면서 이렇게 말했다.

"왜 바로 병원에 가서 검사를 받지 않았을까?"

《주간신초週刊新潮》에 실린 경시청 형사부장(현 경시청 총괄심의관) 나카무라 이타루中村格 씨의 코멘트는 귀를 의심할 정도였다. 나카무라 씨는 나리타공항에 있던 수사원에게 야마구치 씨의 체포를 보류하라고 명령한 사람이다. 훗날 도쿄신문과의 인터뷰에서 자신의 결정이 맞다고 인정했다.

"그 기사를 있는 그대로 믿을 수는 없어."

"왜 2년 전 이야기가 지금 다시 나오는 거지? 뭔가 이상해."

"최근 야마구치 씨가 TV에 자주 출연하는 게 신경 쓰이고 화도 났겠지만, 괜히 부럽기도 해서 다시 이야기를 꺼내는 건 아닐까?"

시오리 씨가 노이즈마케팅을 하는 게 아니냐는 의미였다. 인터넷에서는 "지지 마세요!"라는 응원의 목소리가 있는가 하면, 가슴 부분이 조금 파인 셔츠를 입고 회견에 참석한 시오리 씨를 비난하는 목소리도 있었다. 미인계를 이용해 먼저 꼬신 게 아니냐는 글을 봤을 때는 기가 막혀서 말도 안 나올 지경이었다.

회사 내의 뜻 맞는 동료들과 함께

시간이 조금 흐른 후 도쿄신문에서도 6월 1일 자 '여기는 특보부'라는 특집면에서 시오리 씨 사건을 다루었다. 담당자는 사토 게이佐藤圭 편집 주임이었다. 시오리 씨의 기자회견을 상세하게 싣고 전문가 의견을 덧붙여 크게 게재했다. 독자들의 반응은 다양했다.

특보부 페이지는 기자클럽 제도에 의존하지 않고 독자적인 탐사보도로 만드는 콘셉트 지면으로, 도쿄신문의 핵심 중 하나이다. 가장 많이 읽히는 면이기도 하다.

사토 게이 씨는 권력에 굴하지 않고 조선학교 교육비 무상화와 혐한 스피치 문제 등 예민한 주제들을 주로 다루어 왔다. 젊은 기자에게 취재하여 기사를 쓰게 하고, 때로는 직접 쓰기도 한다. 도쿄신문에서 가장 용기 있는 선배 중 한 명이다.

사토 편집 주임이 기획한 특집면을 읽으면서 이 사건은 시오리 씨의 이야기를 듣는 데서 끝나는 게 아니라 왜 체포가 직전에 중단되어야 했는지, 수사는 제대로 이루어졌는지 등을 더욱 철저하게 추적해야 할 안건이라는 생각이 들었다.

회사를 설득하기 위해서라도 본인에게 직접 이야기를 들어야 한다. 동료 기자에게 시오리 씨의 연락처를 받아 전화를 걸었다.

"여보세요…."

긴 신호 끝에, 시오리 씨가 겁먹은 목소리로 전화를 받았다.

"도쿄신문 기자 모치즈키입니다. 직접 만나 말씀을 듣고 싶어서 전화를 드렸습니다."

혹시 끊어버릴까 싶어 후다닥 자기소개를 했다. 취재를 요청하자 시오리 씨는 흔쾌히 응해주었다. 조금이라도 더 편안한 분위기에서 이야기를 나누고자 일식 레스토랑을 예약했다.

처음에는 혼자서 취재를 하려고 했지만 회사 안에서 나를 도와줄 사람들도 필요하다는 생각이 들었다. 다른 두 여성 기자에게 말을 꺼냈다. 한 사람은 성범죄에 관심이 많은 가시와자키 도모코柏崎智子 씨, 또 한 사람은 문부과학성 담당을 거쳐 현재는 'TOKYO발'이라는 지면의 편집 주임인 고바야시 유이 씨였다. 두 사람 모두 시오리 씨 사건에 관심이 있었는지 내 제안을 흔쾌히 받아주었다.

시오리 씨는 TV에서 본 모습 그대로였다. 회견으로 얼굴이 많이 알려진 탓에 선글라스를 끼고 있었고, 거듭된 취재로 조금은 피곤해 보였다. 변호사와 친구 B 씨가 시오리 씨와 동행해주었다. B 씨는 시오리 씨가 뉴욕에 살던 때부터 그와 우정을 이어온 사이였다. 야마구치 씨가 만나자고 한날, 취직 관련 이야기일지도 모르니 다녀오라고 등을 떠밀었다고 한다. 그때 일을 지금까지 후회하면서 조사나 수사에 동행하며 시오리 씨를 돕고 있단다.

가시와자키 씨가 말문을 열었다. 시오리 씨가 이야기하기 편하도록 "우선 저희들의 경력과 주로 다뤄온 문제들을 말씀드리겠습니다" 하면서 그동안 취재해온 '대기아동'• 문제나 성범죄 처벌 강화 등을 주제로 대화를 시작했다. 나와 고바야시 기자도 비슷한 방식으로 조금씩 시오리 씨에게 질문을 건넸다.

기자회견 때와 마찬가지로 시오리 씨는 의연한 표정과 말투로 우리들의 계속된 질문에 하나하나 또박또박 대답해주었다. 때로는 말문이 막혀 힘든 표정을 짓기도 했지만,

---

• 보육 시설이 모자라서 입소를 기다리는 어린이를 말한다. 후생노동성이 발표한 2019년 대기아동 수는 1만 6,772명이다. 이와 함께 방과 후 어린이 돌봄 문제도 심각하게 대두되었다.

그럴 때는 변호사나 B 씨가 부드럽게 말을 이어갔다.

수많은 취재를 겪으며 기억하고 싶지 않은 일들을 다시 떠올리다 정신을 잃은 적도 있다고 한다. 자세하고 생생한 장면을 떠올리지 않도록 마음을 썼지만, 사건 취재기자의 버릇을 버리지 못하고 증거를 확보하기 위한 질문을 하기도 했다.

생각해보니 성폭력 피해를 당했다고 호소하는 사람을 직접 만나 이야기 듣는 것은 처음이었다. 성범죄 피해자들을 주로 취재해온 가시와자키 기자의 주도로 시오리 씨를 배려하면서 계속해서 이야기를 들었다.

야마구치 씨는 2016년 6월 『총리総理』를 출간한 이후, 2017년 1월 그 속편인 『암투暗鬪』를 발표했다. 시오리 씨 사건이 드러난 이후에는 공식적인 자리에서 모습을 감추었다. 자주 얼굴을 비추던 TV에도 나오지 않았다.

야마구치 씨는 자신의 페이스북을 통해 입장을 밝혔다. 시오리 씨가 기자회견을 한 지 몇 시간 지나지 않아서 이렇게 글을 올렸다.

"법에 저촉되는 일은 일절 하지 않았습니다. 재판 결과 불기소처분을 받았고요. 저는 용의자도 피의자도 아닙니다. 만약 그 여성이 순수하게 불기소처분에 불만이 있었다면, 판결 직후 바로 불복신청을 했을 것입니다. 왜 제가 미디어에 노출된 이후 행동에 나섰는지, 왜 해당 여성의 일방적인 주장이 담긴 보도가 선행되었는지, 앞으로의 대응을 위해 전체적인 상황을 이해하려고 노력하고 있습니다."

이 책의 교열이 끝나기 직전, 검찰심사회는 야마구치 씨를 준강간 혐의로 불기소처분한 것에 대해 '불기소 상당'이라는 의결을 공표했다. 이에 대해 시오리 씨 변호사 측은 '우리들이 새롭게 모은 증언이나 증거가 불기소처분을 뒤집을 만한 충분한 사유가 되지 않는다고 판단한 이유를 제대로 설명해주기 바란다'라고 입장을 밝혔다. 한편 야마구치 씨는 모든 수사와 재판에서 범죄행위가 있었다고 인정된 적은 한 번도 없었고, 이번에 불기소처분이 확정됨으로써 완전히 끝난 문제라고 말했다.

보이지 않는 권력에 맞서다

내가 이상하다고 느낀 건 수사 당국의 대응이었다. 시오리 씨는 사건이 있고 며칠 후 혼자서 하라주쿠 경찰서를 찾아갔다. 그곳에서 형사에게 2시간 동안 사정을 설명했는데, 갑자기 다카나와高輪 경찰서로 사건이 이관되어 똑같은 이야기를 되풀이해야 했다. 그곳에서 "성범죄는 동영상이 없으면 좀 힘들어요. 동영상은 있어요?"라는 질문을 받았단다. 정말 어처구니가 없어서 말도 나오지 않았다.

그 후 호텔에서 현장 조사가 있었다. B 씨가 함께 갔지만 입회는 허락되지 않았고, 시오리 씨 혼자 방으로 들어가야 했다. 침대 위에서 인형을 상대로 자신의 자세를 포함한 당시의 적나라한 상황을 재연했다고 한다.

현장에는 다수의 남성 수사관들이 있었다. 여러 사람이 지켜보는 가운데 한시라도 빨리 잊고 싶은 기억을 복기하며 부끄러운 마음을 끝없이 견뎌야 했다.

"원래 처녀가 아니지요?"

섬세한 배려라고는 찾아볼 수 없었다고 한다. 이런 말을 듣는 것도 한두 번이 아니었다.

그런 와중에도 수사는 계속됐다. 시오리 씨가 업무 차 해외에 있던 무렵, 다카나와 경찰서 형사에게 국제전화가 걸려왔다.

"준강간죄로 체포장이 발부되었습니다. 용의자를 체포하면 당신의 이야기도 들어봐야 하는데, 지금 바로 귀국할 수 있습니까?"

준강간죄는 심신상실 상태 또는 술이나 약물에 취해 저항할 수 없는 사람에게 성적 행위를 했을 때 성립한다. 폭행 또는 협박을 가하는 강간죄보다 가볍게 여겨지기 쉽지만, 3년 이상의 징역에 처하는 중대범죄이다.

하지만 영장 집행은 갑작스레 중단되었다. 여러 보도에 따르면 이 사건은 경시청 수사1과뿐만 아니라 홍보과에도 보고되었다고 한다. 오랫동안 사건 취재를 해왔지만, 강간이나 준강간 사건에서 체포 영장 집행이 직전에 중단된 경우는 한 번도 없었다.

시오리 씨는 이때 느낀 허탈감을 평생 잊지 못할 거라고 했다. 도저히 이해할 수 없을 정도로 부자연스러웠던 당시 상황을 두고 이렇게 말했다.

"제가 알 수 없는 어떤 힘이 작용한 거라고 생각해요."

기자회견 후 시오리 씨는 훨씬 더 가혹한 상황들을 마주했다. 본명과 SNS 계정이 인터넷에 빠르게 유포되었고, 어디서 주소를 알아낸 건지 희롱하는 메일이 수없이 왔다고 한다.

인터뷰 후반, 불안하고 무서운 상황 속에서 시오리 씨를 지탱해주고 용기를 낼 수 있게 하는 건 무엇인지 물었다.

"제가 이대로 포기하면 저처럼 성범죄 피해를 당한 여성들은 목소리를 낼 수 없게 됩니다. 얼굴과 이름을 드러내고 고발하는 것은 두려운 일이었지만, 피해자가 포기를 강요받는 일본 사회의 성범죄 실태를 바꿔나가야 한다고 생각했습니다."

"저는 활동가가 되고 싶은 게 아닙니다. 다만 저는 아무런 나쁜 짓도 하지 않았고, 그런 제가 사람들 앞에 나섬으로써 조금이라도 성범죄 관련 법이 바뀔 수 있기를 바랄 뿐입니다."

취재를 마친 우리는 잠시 할 말을 잃었다. 이게 지금 일본에서 일어나고 있는 일이라니, 아찔해졌다. 어떻게든 기사화하겠다고 다짐하며 집으로 돌아왔다.

집에 도착하고 잠자리에 들어서도 시오리 씨의 얼굴이 머릿속을 맴돌았다. 직전에 인터뷰했던 문부과학성 전 사무차관 마에카와 기헤이 씨와 시오리 씨가 겹쳐 보였다. 마에카와 씨 역시 관저의 압박에도 개의치 않고 교육행정이

왜곡되었다며 분노했고 얼굴과 실명을 드러낸 채 고발 회견에 나섰다. 두 사람 모두 거대한 국가권력에 맞서 사명감을 갖고 당당하고 떳떳하게 맞섰다.

실체도 없는 두려움 때문에 눈앞에 있는 문제를 보고도 못 본 척할 수는 없다. 그것이 바로 상대가 바라는 바다. 마에카와 씨와 시오리 씨는 사회적으로 고립될지도 모를 위험에 맞서 의혹을 고발하고 있다. 두 사람의 용기를 입 다물고 보고만 있어도 될까. 멀리서 응원하는 것만으로 충분한가. 내가 할 수 있는 일은 무엇일까. 생각에 잠긴 사이, 머릿속에 아베 총리와 스가 장관이 떠올랐다.

아베 총리는 정기 기자회견을 하지 않는다. 하지만 정부 대변인인 관방장관에게는 질문할 기회가 있다. 기자인 내가 할 수 있는 일은 직접 묻는 것뿐이다. 뜨거운 생각과 함께 앞으로 나아갈 용기가 샘솟았다.

흥분되는 마음으로 맞이한 회견

6월 8일, 마에카와 씨와 시오리 씨가 함께한다는 마음으로 다시 총리 관저로 향했다. 두 번째로 오게 된 스가 관방장관의 정례회견. 기자회견실로 들어가 앞에서 네 번째 줄 근처 왼편에 앉았다. 지난번 정례회견에서 대략적인 규칙들은 이해한 상태였다.

정례회견에서는 질문에 앞서 소속 회사와 이름을 밝혀야 한다. 이어서 질문하는 경우에도 회사와 이름을 재차 밝힌다. 묻고 싶은 내용이 머릿속을 맴도는 바람에 결국 질문을 잊어버린 적도 있었다.

이날 이른 아침, 북한이 발사한 미사일이 동해에 떨어진 사건이 있었다. 이에 관한 질문이 얼추 끝난 후 손을 들었다. 이름을 밝힌 후 같은 날 《주간분순》에 보도된 마에카와 씨의 토킹 바 출입 관련 속보에 대해 물었다.

"화제를 조금 바꾸겠습니다. 요미우리신문이 마에카와 씨 토킹 바 출입 건을 보도하기 전날, 현직 문부과학성 초중등 교육국장인 후지와라 씨가 이즈미 총리보좌관이 만나고 싶어 한다며 마에카와 씨에게 연락했다고 합니다. 생각해보겠다고 답장했을 때쯤 요미우리신문의 취재가 시작됐고, 다음 날 기사가 나갔습니다. 이즈미 보좌관은 현재 《주간분순》의 보도 내용을 부정하고 있는데 스가 장관은 아시는 바가 없나요?"

아무런 표정 변화 없이 스가 장관이 대답했다.

"본인이 부인했다면 그 말이 맞지 않을까요."

"그 말은 후지와라 씨에게…"라고 운을 떼는 순간, 스가 장관은 나를 쳐다보지도 않은 채 오른손으로 가리키면서 주의를 주었다.

"이름 말하세요."

규정을 깜빡 잊고 있었다.

"도쿄신문의 모치즈키입니다. 그러니까 후지와라 씨에게 부탁해서 이즈미 씨가 만나고 싶어 한다는 말을 전하라고 한 적은 없다는 얘기지요?"

"나는 모르는 일입니다만, 본인이 아니라고 했다면 그럴 거라고 생각합니다."

조금 강압적으로 느껴지는 질문을 쉴 새 없이 던졌다.

"작년 가을 스기타 가즈히로 관방 부장관이 마에카와 씨에게 토킹 바 출입 사실에 대해 주의를 주었습니다. 스기타 씨는 기자회견을 하지 않아서 직접 물어볼 수가 없는데요. 스기타 부장관은 어떻게 마에카와 씨가 바에 출입했다는 사실을 파악할 수 있었던 건가요? 관저가 전 사무차관의 행동을 확인하고 있는 것은 아닙니까? 우연이라고 생각합니다만, 같은 시기 요미우리신문 사회부에서도 이 사안을 취재하고 있었잖아요. 무언가 관련이 있는 것 아닌가요? 스기타 부장관에게 직접 듣고 싶습니다."

스가 장관의 표정에 불쾌감이 차오르기 시작했다. 표현은 완곡했지만, 관저가 첩보 활동을 하면서 요미우리신문에 정보를 흘린 것이 아니냐고 관방장관에게 돌리지 않고 묻고 있었기 때문이다. 제2차 아베 정권 발족부터 대변인을 맡아온 스가 장관으로서도 이런 경우는 처음 겪었을 터이다.

나도 결코 스가 장관을 화나게 하려는 의도는 없었다. 스기타 관방 부장관이 전면에 나오지 않으니 어떻게든 언질을 받을 방법을 찾았을 뿐이다.

스가 관방장관은 금방 표정을 감추고 평상시 모습으로 돌아왔다.

"지금 하신 말씀은 아주 큰 실례라고 생각합니다. 보도한 신문에 대해서는 당신이 직접 취재를 해보는 게 좋을 것 같군요. 내가 답변할 사항은 아닙니다."

"질문은 짧게 부탁드립니다"

물론 시오리 씨에 대한 질문도 준비해 갔다. 나중에 영상을 확인해보니, 이미 그때 24분이 지나고 있었다. 보통 정례회견은 한 사람당 두세 개 정도 질문하는 것이 통례여서 10분 정도 진행되고, 빠르면 5분 만에 끝나는 경우도 있다. 팽팽한 긴장감에 휩싸였다.

"시오리 씨와 관계자들을 계속 취재하고 있습니다. 다카나와 경찰서에서 준강간 혐의로 체포 영장을 발부한 후, 현역 형사부 검사에게 허락을 받아 경시청 수사1과와 홍보과에 사전 교섭을 했다고 들었습니다. 야마구치 씨를 체포하기 직전, 당시 형사부장이었던 스가 장관님의 전 비서관인 나카무라 이타루 씨가 갑작스레 체포하지 말라고 지시해서 임의동행으로 바뀐 것으로 알고 있습니다. 15년 정도 사건 취재를 해왔지만 경시청 본부 홍보과까지 사전 교섭된 사건이, 형사부장 한 사람의 판단으로 뒤집힌 적은 없었습니다. 이에 대해…"

사무관이 갑자기 질문 사이로 끼어들었다.

"질문은 짧게 부탁드립니다."

질문만으로 1분을 가볍게 넘겨버렸다. "죄송합니다"라고 사과하며 말을 이어갔다.

"장관님은 어떻게 생각하십니까?"

"지금 언급된 나카무라 이타루 씨는 내 비서관이기는 했습니다만, 민주당 정권의 비서관이기도 했다는 점을 말하고 싶습니다. 나는 이 사안에 대해서는 전혀 알지 못합니다."

질문에 대한 충분한 답이 되지 못한다고 느꼈기 때문에 다시 물어야 했다. 끈질기게 질문을 반복하는 것은 사회부에서 오랜 시간 취재하며 단련된 근성이다.

"사전에 나카무라 씨에게 이와 관련된 이야기를 들은 적이 없다고 이해해도 되겠습니까?"

늘 머금고 있던 엷은 미소는 이미 사라지고 없었다.

"그런 게 있을 리가 없잖아요."

아주 짧은 순간이었지만 스가 장관은 불쾌한 감정을 숨기지 못했다.

"제대로 된 답변을 듣지 못했기 때문에"

10분이 훌쩍 지났다. 더는 질문이 없다고 판단한 사무관이 "질문 더 없으시면" 하고 폐회하려던 때였다.

문부과학성 내의 특종들에 대해 날카로운 질문을 던져대던 영자 일간신문 재팬타임스의 요시다 레이지吉田玲滋 기자가 나를 지원사격 하듯 손을 들었다.

"가케 학원 관련 총리 문서에 대해 사실이 아니라고 하셨습니다. 전혀 신빙성이 없다고 생각하시는 겁니까?"

6월이 되자 마에카와 씨가 확실히 존재한다고 밝힌 '총리의 뜻' 문서에 이어 다양한 미디어에서 잇달아 특종을 보도했다. TV아사히, TBS, NHK, 아사히신문 그리고 교도통신이 현직 문부과학성 간부나 직원과 접촉하여 새로운 문서를 입수했다. 회견 당일에도《주간분슌》의 특집기사로 문부과학성 현직 간부의 말이 실렸다.

'마에카와 씨가 실명으로 고발한 것에 대해 많은 직원들이 옳은 일을 했다고 생각하고 있습니다.'

요시다 기자의 질문을 받고 스가 장관은 관련 자료를 허둥지둥 찾아가며 그대로 읽었다.

"문부과학성에서 출처나 입수 경위가 분명하지 않은 문서의 경우 그 존재 여부나 내용을 확인할 필요가 없다고 판단했다고 들었습니다."

같은 설명이 담담하게 반복되었다. 요시다 기자가 끈질기게 물고 늘어져도, 상황은 좀처럼 나아지지 않았다.

이번에는 내가 다시 질문했다.

"도쿄신문입니다. 출처 불명이라고 계속 말씀하시는데, 현직 직원이 신변의 위험을 무릅쓰고 고발하고 있습니다. 게다가 여러 명입니다. 만약 실명으로 고발을 한다면 적절한 조치를 취하실 겁니까? 공익제보자 보호 정신에 따라 제보자를 보호하며 의견을 들을 수는 없나요?"

장관은 '또 이 녀석이야?' 하는 표정을 숨기지 못했다.

"만약을 가정하는 질문에는 답변하지 않겠습니다. 아무튼 그 문제는 문부과학성에서 판단할 것입니다."

"만약이 아니라, 실제로 제보자가 용기를 내서 고발하면 그 이야기에 근거해 면밀히 조사해주실 것인지를 묻는 겁니다."

"그러니까, 그 만약의 이야기에는 답하지 않겠습니다. 문부과학성에서 판단할 문제입니다. 그게 전부입니다."

내가 또다시 손을 든 순간, 사무관이 주의를 주었다.

"같은 취지의 질문은 삼가주시기 바랍니다."

잠깐 한숨 돌린 후 목소리 톤을 의식적으로 높여서 맞받아쳤다.

"어떤 질문을 말씀하시는 건가요?"

"같은 취지의 질문을 더는 반복하지 말라고 말씀드리는 겁니다."

스가 관방장관은 어처구니없다는 듯 쓴웃음을 지었다. 질문에 대한 만족스러운 답변을 듣지 못하는 이상, 나 역시 물러설 수 없었다.

또다시 돌아온 무성의한 답변에 끓어오르는 분노를 억누르면서 내 생각을 전했다.

"제대로 된 답변을 듣지 못했기 때문에 되풀이해서 묻고 있는 겁니다. 죄송합니다, 도쿄신문입니다. 누군가의 고발로 출처가 분명해져도 지금처럼 같은 답변을 하실 겁니까? 정부 입장에서 진지하게 조사할 것인지의 여부는 답변하지 않겠다는 것인가요? 답변할 수 없다는 답변이시네요."

마지막에는 '답변'이라는 같은 말을 몇 번이고 반복했다. 감정이 북받칠 때마다 나오는 버릇이다.

"가정하는 질문에 답변할 입장이 아닙니다. 아무튼 그렇게 되면 문부과학성에서 그때 결정하겠죠."

기자들이 터트린 나에 대한 불만

기자회견실은 묘한 정적에 휩싸였다. 장관 담당 기자의 키보드 소리만 공허하게 울렸다. 같은 말만 반복하던 스가 장관을 위해 회견 도중 사무관이 두 번씩이나 새로운 문서를 건네주기도 했다.

정부의 공식 입장을 듣는 정례회견에서는 내각기자회가 사전에 기자들의 질문을 모아 제출하는 경우가 많다. 사무관도 미리 관련 자료를 찾아 준비해둔다. 하지만 8일에 열린 정례회견에서는 마에카와 씨와 시오리 씨 사건과 관련된 예상외의 질문이 이어졌다. 사무관은 급하게 자료를 준비해서 스가 관방장관을 도왔다.

결국 회견 시간은 37분을 넘어섰고, 나는 총 23번 질문했다. 생각에 쫓겨 정신없이 묻다 보니 이렇게 됐다. 이제 겨우 끝났다고 생각했는지, 스가 장관은 목례 후 빠른 걸음으로 기자회견실을 떠났다.

정례회견이 끝나면 장관 담당 기자들은 스가 장관을 따라다니며 약 3분간 또 한 번 취재한다. 오랫동안 이어져온 이른바 '오프더레코드' 취재이다. 말 그대로 오프더레코드이기 때문에 그대로 기사화하기는 어렵지만, 정치 정세를 파악할 수 있는 귀중한 정보가 되어준다. 바깥으로 새어 나갈 것을 전제로 정치인들이 정보를 흘린다.

이날 스가 장관은 오프더레코드 취재에 응하지 않았다. 빠른 걸음으로 향한 곳은 관방장관실이 아닌, 총리 집무실이었다.

나는 이날 정례회견에서 전보다 여유롭고 안정적인 태도로 질문했다고 생각했다. 관저에서 나와 다른 취재 장소로 가던 중 관저 캡에게서 연락이 왔다. 오후 4시가 조금 안 된 시간이었다. 캡은 못마땅하다는 듯 이렇게 말했다.

"네 질문 하나하나가 다 너무 길고, 너 혼자 몇 번이고 질문하는 바람에 앞으로 한 사람당 질문 하나로 제한되거나 오프더레코드 취재가 없어질지도 모른다고 걱정하고 있대. 기자클럽의 총의라면서 전해 왔어."

'총의'라는 말을 듣는 순간, 벌써 기자클럽에서 모임을 열었다는 생각에 무척 놀랐다. 총의란 기자클럽 전체의 의견을 말한다. 보통 각 언론사별로 최소 한 사람씩 참가해 함께 의논해서 결정한다. 클럽의 총의로 저항하자라든지, 총의로 교섭하자고 할 때 사용하는 말이다.

그날 오프더레코드 취재도 없었을뿐더러 여느 때와 달리 총리 집무실로 향한 스가 장관 때문에 불안감을 느낀 누군가가 '이거 큰일이다', '그 녀석을 어떻게라도 막아야 해!' 하며 총의를 모았을 것이다. 기자회견실 분위기를 다소 어지럽히기는 했지만, 이렇게 빨리 총회가 열릴 정도로 심각한 문제를 일으켰다고는 생각하지 않았다.

전화를 끊고 나니 억누를 수 없는 생각들이 꼬리에 꼬리를 물었다. 기자들은 내 생각보다 훨씬 더 정권과 가까웠다. 그 정도 질문도 용납될 수 없다니, 고작 저런 생각이 총의라니. 나는 아연실색했다.

실망스러운 마음이 컸지만, 어쨌든 나 때문에 관저 담당 선배 기자들이 회사에서 핀잔을 들었을 게 분명했다. 폐를 끼친 것을 사과하기로 마음을 다잡고 전화를 걸었다. 그런데 선배에게 의외의 말을 들었다.

"총의는 결국 없던 일이 됐어."

들어보니 클럽 총회를 비롯해 의견을 나누는 자리 자체

가 없었던 모양이다. 도대체 아까 전화는 무엇이었을까? 총의를 내면 그건 그것대로 문제가 될 수 있다고 취소한 걸까? 선배는 이렇게 덧붙였다.

"클럽에서 지금 당장 우려하는 바는 없지만, 앞으로는 생길지도 모르겠다."

에둘러 표현했지만, 선배 기자의 말을 통해 한 가지 사실을 알게 됐다. 스가 관방장관의 눈에도, 내각기자회 장관 담당 기자들의 눈에도, 나는 갑자기 나타나 물을 흐리는 처치 곤란한 기자였다.

예상을 뛰어넘은 영향력

다음 날 마쓰노 히로카즈 문부과학성 장관이 의외의 발표를 했다. 히로카즈 장관은 국민의 소리를 진지하게 받아들여 문부과학성 문서를 다시 철저히 추가 조사하겠다고 밝혔다.

내가 집요하게 질문한 다음 날 있었던 발표였기 때문에 솔직히 적잖이 놀랐다. 내 질문이 재조사를 이끌어냈다고 생각하지는 않는다. 다만 계속 질문하지 않았다면 어떻게 되었을까 싶다.

언론사들은 내 생각보다 그날의 회견을 크게 다루었다.

"도쿄신문, 모치즈키입니다."

"제대로 된 답변을 듣지 못했기 때문에 되풀이해서 묻고 있는 겁니다."

TV아사히의 〈보도스테이션報道ステーション〉을 비롯한 여러 방송프로그램에서도 회견장의 모습을 보도했다. 인터넷 미디어에는 뉴스 페이지가 따로 만들어졌고, 저널리스트인 시미즈 기요시 씨와 야마자키 마사히로山崎雅弘 씨가 트위터에서 나를 언급해주었다.

기쁘게도 도쿄신문에도 큰 변화가 생겼다. 6월 8일부터 1주일 동안 약 50부의 신규 구독 신청이 있었다. 나를 격려하는 전화가 수없이 걸려왔고, 편집국 앞으로 편지도 많이 왔다. 이렇게까지 많은 응원을 받는 것은 기자 인생에서 처음 겪는 일이었다.

관저 회견 분위기는 여전히 냉랭했지만, 굴하지 않고 질문을 이어갔다. 15일에는 국회에서 '공모죄법' 채택이 강행됐다. 원래 공모죄 취재팀이기도 했고, 이 법안의 위험성을

인지하고 뭔가 해야 한다고 생각해왔던 터라 큰 무력감을 느꼈다. 힘들고 괴로웠지만 할 수 있는 것은 질문뿐이라고 마음을 다잡으며 매일 관저 회견에 참석했다.

성원 속에서도 커져만 가는 쓸쓸함

응원의 목소리를 들으며 든든해지는 한편, 쓸쓸한 생각도 밀려왔다. 함께 뜻을 모아 다른 기자들도 회견장에서 질문해주기를 바랐지만, 나는 여전히 겉돌고 있었다. 관저 기자들은 나와 눈조차 맞추지 않았다.

아사히신문 기자로 오랫동안 미국을 취재해온 오가타 도시히코尾形聡彦 씨의 저서 『난류亂流의 백악관』에는 미국 기자와 일본 기자의 차이를 지적하는 대목이 있다. 그는 스가 장관의 회견을 예로 들면서 '만약 백악관에서 회견을 한다면, 거의 모든 언론사가 정권에 대치하며 집중 사격하듯 질문을 쏟아냈을 것이다'라고 썼다.

관저 회견뿐만 아니라 사가와 노부히사佐川宣寿 국세청장 문제로 시끄러웠던 무렵, 재무성에서 열린 아소麻生 장관의 기자회견도 조용히 지나갔다. 한 방송기자 선배는 "파고드는 자세가 없어도 너무 없어" 하며 탄식했다. 기자의 일이란 무엇일까? 고민하지 않을 수 없었다.

많은 독자가 보내준 상상을 초월하는 응원은 뒤집어 생각하면 평소 국민이 언론사에 갖는 불신의 방증이기도 하다.

"우리가 알고 싶어 하는 걸 아무도 물어봐주지 않잖아."

기자가 권력자에게 질문을 던지는 것은 당연한 일이기 때문에 사실 칭찬받을 일도 아니다. 이제는 언론이 권력자에게 어떤 말도 할 수 없는 지경에 이르렀구나. 저널리즘이라는 근사한 말 뒤로 그 한계가 보이기 시작했다.

캐스터인 가네히라 시게노리金平茂紀 씨가 했던 말이 기억에 남는다.

"안보법안이 심의되던 때 언론사들은 그 법안에 대해 어디가 좋고 어디가 나쁜지를 분석하고 전하는 대신, 이슈가 된 실즈SEALDs*의 오쿠다 아키奧田愛基 씨만 크게 보도했어

* Students Emergency Action for Liberal Democracys. 자유와 민주주의를 위한 학생 긴급행동. 안전보장관련법이나 헌법개정, 작은 정부에 반대하면서 지속 가능한 발전과 부의 재분배를 통한 생활보장 및 평화적 외교와 안보정책을 요구하였다. 도쿄 학생들을 중심으로 2015년 5월 3일에 결성되었다가 2016년 8월에 해산했다.

요. 상징적인 인물이라고 떠받들다가도, 정작 그들이 비난을 받을 때는 지켜주지 않았습니다. 소심한 언론이 사람을 도구로 삼아 보도하면서 표면적인 책임은 피하고 있습니다."

가네히라 씨는 내 문제도 비슷한 맥락이라고 했다. 본래는 여러 언론사가 나처럼 질문하고 싸워야 하는데, 오히려 내 행동을 때로는 좋게, 때로는 나쁘게 다루면서 그 결과는 책임지지 않으려 한다는 것이다. 문제의 본질에서 멀찍이 떨어져 항상 뒤편에 서는 것이 언론이라고 했다.

쓸쓸한 마음을 달랠 길이 없었다. 그래도 도쿄신문만큼은 나를 믿어주었다. 비록 관저에 찍히고 불이익을 당할지라도, 독자의 기대에 부응하자는 것을 목표로 삼았다.

회사의 높은 간부가 직접 전화를 걸어서 스가 장관의 정례회견에서 주저하지 말라고 북돋아주기도 했다.

"기자로서 정권에 대한 의혹은 더욱 추궁해야 한다고 생각해. 괜찮아, 잘해봐!"

다른 회사 간부도 '지지 마! 응원하고 있어!'라며 격려해주셨단다. 눈물이 날 뻔했다. 정신을 차려보니 1,000명 전후였던 트위터 팔로워가 4만 5,000명을 넘었고, 페이스북 친구도 상한선인 5,000명에 이르고 있었다.

지방에서 근무 중이던 남편도 응원해주었다. 인터넷에 올라온 회견 영상을 모니터링하고 있었나 보다. 질문은 더 짧게 하라는 자주 듣던 조언과 함께 이런 말을 남겼다.

"댓글이나 트위터, 페이스북에서 호의적으로 지켜봐주는 사람들의 코멘트나 지적은 받아들이는 게 좋아. 당신은 보지 마. 괴로워질 수 있으니까. 내가 체크해서 뭔가 있으면 연락할게."

사랑하는 남편을 비롯한 많은 사람이 나를 도와주고 있다. 집에서는 아이들의 순진무구한 웃음이 지친 몸과 마음을 치유해준다.

이제 덥고 바쁜 여름이 온다! 새롭게 마음을 가다듬고 있던 그때, 갑자기 복부에 극심한 통증이 느껴졌다.

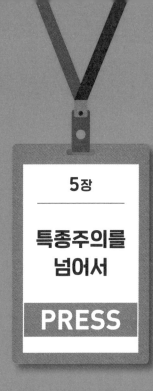

5장
_____

**특종주의를
넘어서**

PRESS

갑작스레 나타난 극심한 통증

속이 더부룩해서 알람 시간보다 일찍 깨는 날이 계속되었다. 관저 회견에 출석한 지 한 달쯤 됐을 때였다. 콕콕 찌르는 것 같은 복통이 계속돼서 위장약을 먹으며 취재를 다녔다. 그날은 평소보다 훨씬 복통이 심했다. 더욱이 왼쪽 아랫배에서 시작된 통증이 척추와 가까운 부위까지 퍼졌다.

7월 10일, 관저 회견을 마치고 회사로 돌아오자마자 결국 의무실로 뛰어가 침대에 드러누웠다. 10년 전쯤에도 비슷한 증상을 겪은 적이 있다. 밤이 되어도 통증이 가라앉지 않아서 다음 날 아침 일찍 병원에 갔다. 의사가 말해준 병명은 예상대로였다.

"게실염입니다. 1주일 정도 입원합시다."

소화기관 점막에 있는 작은 혹 모양의 게실에 배설물이 쌓여 염증이 생긴 것이다. 섬유질이 부족한 식사를 계속하면 게실염이 발병하기 쉽고, 스트레스도 발병의 원인이라고 한다.

입원만큼은 어떻게 해서든 피해야 했다. 남편은 지방 근무 중이었고 의지했던 어머니도 이제 계시지 않았다. 아이들도 돌봐야 했고, 무엇보다도 점차 진전되고 있던 가케 스캔들 취재를 1주일 이상 뺄 수는 없었다.

의사에게 부탁해 항생제만 처방받고 그대로 집으로 돌아왔다. 관저 회견에 출석한 이후 좋든 싫든 여러 가지 변화를 겪어야 했다. 신경 쓰지 않으려고 부단히 노력했지만 결국 압박으로 다가온 것 같다. 하루에 한 번은 꼭 정례회견에 출석하려고 했는데, 마음보다도 몸이 먼저 반응하고 말았다.

기자로 일하면서 몸 상태가 나빠진 적이 몇 번 있었다. 사회부 사법 담당 기자로서 도쿄지검 특수부가 다루는 사건을 추적할 때는 새벽 2시든 3시든 간부들이 있는 술자리에 불려 갔다. 졸린 눈을 비비며 달려 나간 경우도 허다하고, 쓰린 신장을 부여잡으며 취재를 한 적도 많다. 술이 그다지 강한 편은 아니지만, 하도 마시다 보니 점점 익숙해져서 어느 정도는 마실 줄 알게 됐다. 다만 내장에 피로가 쌓이면서 재채기나 알레르기성 비염, 기침 등은 점점 더 심해졌다.

이번에는 그런 고통과는 차원이 다른 느낌이 들어서 결국 휴가를 냈다. 하지만 세상은 나를 기다려주지 않는다. 침대에 누워서 인터넷을 보다가 다음 날 발간되는《주간분슌》에서 스가 관방장관에 대한 의혹을 보도한다는 것을 알게 됐다.

"들키면 귀찮아져"
스가 관방장관, 정치자금 내역 은폐하라고 지시

기사가 사실이라면 정치자금법 위반이나 국가공무원법상 비밀엄수의무 위반이 될 수도 있는 심각한 문제였다.

"이건 직접 물어봐야 하는데…"

아픈 와중에도 멍하니 생각했다.

이틀 동안 아무것도 먹지 않고 푹 쉰 덕분에 다음 날 아침 어떻게든 일어날 수 있었다. 조금 후들거리기는 했지만 항생제를 먹고 관저로 향했다.

아니나 다를까, 정례회견 초반에는 아무도 《주간분순》의 기사에 대해 언급하지 않았다. 중반 이후 여느 때처럼 내가 손을 들고 질문했지만, 스가 장관의 답변은 한결같았다.

"말씀하신 일은 사실이 아닙니다."

신기하게도 질문을 계속할 때는 복통을 느끼지 못했다. 아드레날린이 분비되면 통증을 잊게 되는구나, 묘한 감동마저 느꼈다.

이런저런 관저의 대응

이쯤 되자 관저가 나를 주시하고 있다는 사실을 모를 수 없었다. 관저 측은 온갖 수단을 써서 나를 견제했다. 하루는 회견 시작 전 사무관이 이렇게 말했다.

"오늘은 공무가 있습니다. 협조해주시기 바랍니다."

질의응답을 짧게 해달라는 뜻이다. 또 이런 일도 있었다.

"오늘은 공무로 인해 11시 30분에는 출발해야 합니다."

출석한 기자 모두에게 말하는 듯 보이지만, 나 들으라고 하는 말이 분명했다.

"모치즈키, 듣고 있나? 어이! 듣고 있어?"

선배 기자가 주의를 주었다.

"듣고 있다고요!"

이렇게 대꾸하면서도 속으로는 납득할 수 없었다.

오전 정례회견은 11시에 시작된다. 스가 관방장관은 늘 조금씩 늦는다. 어떤 날은 15분이나 늦게 시작해서 실질적으로 10분도 채 되지 않아 회견이 끝나기도 했다.

나는 회견을 시작하기 전에 이렇게 요청했다.

"공무가 중요한 건 알고 있습니다. 하지만 저도 들어야 할 건 들어야겠습니다. 꼭 정각에 시작해주시기 바랍니다."

관저 측이 이렇게 대응해 올 때도 있었다.

7월 24일과 25일에 열린 국회 폐회 중 심사가 있었다. 그에 관한 질의응답이 열린 정례회견에서도 어김없이 같은 뉘앙스의 대답만이 돌아왔다.

"총리가 국회에서 설명한 그대로입니다."

인터넷에서 '망가진 라디오'라고 야유를 받은 답변이다. 그리고 이런 말도 들었다.

"주관과 억측에 기초한 질문은 그만하시기 바랍니다."

내가 취재한 내용이나 다른 매체에 보도된 기사를 바탕

으로 질문하고 있는데 억측이란다. 취재를 통해 품었던 의혹에 대해 제대로 된 이야기를 들을 수 없다면, 정례회견장에는 저널리즘이 설 자리가 없는 것이다.

그래도 정례회견이 정부의 공식 입장만을 일방적으로 발표하는 자리가 아니라는 믿음을 갖고 끝까지 긴장을 늦추지 않았다. 어떤 날은 정례회견 후 있었던 오프더레코드 취재에서 스가 장관이 감정을 숨기지 못했다고 전해 들었다.

"언제까지 이럴 거야? 나도 참는 데 한계가 있어! 저런 질문만 해대고, TV에서는 그 일부를 방송하고 말이야. 이게 정상이라고 생각해?"

기자클럽 제도의 한계?

언제부터 분위기가 달라진 걸까. 앞에서 언급한 것처럼 스가 관방장관은 제대로 된 답변을 하지는 않았어도 손을 든 기자는 반드시 지명해주었고, 매체를 가리는 일도 없었다.

그런데 어느 순간 회견 시간이 확연히 줄었다. 사회를 맡은 관저 공보관이 공무가 있다며 회견을 일찍 끝내려고 재촉하는 일은 종종 있었지만, 이제는 아예 "한 분만 더 받겠습니다", "질문 하나만 더 받겠습니다"라며 마지막 질문을 지정하기 시작했다.

이런 일도 있었다. 여느 때처럼 공보관이 질문 수를 밝힌 후 내가 질문하고 스가 장관에게 상투적인 답변을 듣고 나서, 다시 질문하려던 때였다. 기자클럽 간사를 맡은 기자가 "이상으로 마치겠습니다" 하면서 회견을 끝내버렸다.

왜 질문을 자르는 걸까? 게다가 같은 기자가! 이상한 일이었지만 내가 손을 든 것을 보지 못했을 거라고 생각했다. 그것 말고는 설명이 되지 않았다.

그런데 어느 날, 정말 납득할 수 없는 일이 벌어졌다. 간사를 맡은 방송기자가 앞 열에 앉았고, 아사히신문의 미나미 아키라南彰 기자가 몇 줄 뒤, 나는 두 사람이 보이는 뒷좌석에 앉았다.

여느 때처럼 공보관이 "앞으로 몇 가지 질문만 받겠습니다"라고 안내한 후, 내 질문에 이어 손을 든 미나미 기자가 "저기, 죄송합니다, 저기…" 하며 질문을 시작하려던 때였다. 스가 장관은 분명 미나미 기자를 봤고, 간사 기자도 일부러 뒤를 돌아 손을 든 것을 확인하기까지 했다.

하지만 간사 기자는 "이제 된 것 같습니다" 하며 갑작스레 마무리했고, 그에 맞추어 스가 장관도 "그런 것 같네요"라고 답했다. 다시 간사 기자가 "이제 됐을까요?" 하고 단언하듯 말하며 회견을 끝내버렸다.

2008년 후쿠다 내각의 마치무라町村 관방장관부터 가와무라河村 장관, 히라노平野 장관, 센고쿠仙谷 장관, 에다노枝野 장관, 후지무라藤村 장관까지 담당하며 500번 이상 관저 회견에 참석한 미나미 기자에 따르면, 회견 중 손을 들었는데 내각기자회의 기자가 질문을 중단시킨 것은 처음이라고 했다.

같은 기자가 왜 질문을 막는 것일까. 의아한 마음으로 조금 알아보다가 놀라운 사실을 들었다. 8월 하순, 스가 장관 측은 간사를 맡은 언론사를 통해 담당 기자 몇몇에게 회견 시간을 단축하고 싶다는 의견을 전해 왔다고 한다. 기자 측은 시간 제한은 받아들일 수 없다고 거절의 뜻을 전했지만, 현장에서는 '앞으로 몇 분', '앞으로 몇 가지 질문' 하면서 사실상 정부의 지시를 따르고 있었다.

언론의 자살행위였다. 너무 충격적인 사실을 듣고 처음에는 어처구니가 없다가 곧 눈물이 쏟아질 뻔했다. 이것이 일본 언론의 한계인가. 다리가 후들거릴 정도로 큰 충격을 받았다.

사전에 질문을 제출하는 것도 본격적으로 이루어졌다. 이전부터 있었던 관행이지만, 최근 부쩍 스가 장관이 손에 든 종이를 보면서 답하는 일이 많아졌다. 명백하게 짜고 치는 회견이다.

스가 장관은 마에카와 씨를 두고 교육자로서 해서는 안 될 행위를 했다며 비난할 때조차도 고개를 숙인 채 말했다. 엉겁결에 이렇게 묻고 말았다.

"사전에 준비된 쪽지를 읽는 겁니까?"

"당신에게 대답할 의무는 없소!"

스가 장관이 화를 내며 대답했다.

이 무렵에는 처음부터 손을 들어도 절대 지명해주지 않았다. 손을 든 기자가 나뿐이어야 겨우 질문할 수 있었다.

기자클럽 제도는 소속 기자에게는 편리한 제도이지만, 잡지나 웹진 기자, 프리랜서 기자들을 배제하기 때문에 한계가 명확하다. 정치인 고가 시게아키古賀茂明 씨는 『국가 중추의 미친 음모国家中枢の狂謀』라는 책에서 기자클럽 제도를 철저히 비판하기도 했다.

내각 기자클럽 기자들은 주로 정치부에 소속되어 있다. 정치인과 인맥을 쌓고 국책에 대한 정보를 수집하는 것이 그들의 일이다. 정례회견에서 스가 장관의 심기를 거스르면 그 후에 중요한 정보를 입수하지 못할지도 모른다.

국책에 대한 정보를 수집하는 것은 워낙 장벽이 높은 일이다. 예를 들어 외국과 협의가 있다는 사실을 알아내도 구체적인 일정을 입수하지 못하는 경우가 다반사이다. 평소에 인맥을 쌓아두면 원만하게 정보를 입수할 수 있고 다른 회사는 알고 있는데 우리만 모르는, 이른바 특종을 놓칠 염려도 없다. 특종을 놓치는 건 두려운 일이다. 정치부 기자들의 마음을 이해하지 못하는 건 아니다.

하지만 관방장관 회견은 단순히 정부의 공식 견해를 듣는 곳이 아니다. 우리가 품고 있는 의문을 정면으로 제기하고 그에 대한 답변을 들을 수 있는 자리이기도 하다. 그 소중한 기회를 아무것도 하지 않은 채로 놓쳐버려도 괜찮은 걸까? 저널리즘 정신을 이어갈 후배 언론인들에게 화근을 남길 것이 분명했다.

수상한 압박과 신원조회

주변 사람들에게 참 태연하다, 천연덕스럽다는 말을 자주 듣는다. 하지만 나 역시 두려울 때도 있다. 친구들은 물론이고 선배 기자들에게 신변 조심하라는 충고를 듣기도 한다. 어떻게 해야 조심할 수 있나 싶지만, 한편으로 더 당당해지는 기분이다. 나는 신문기자로서 당연한 일을 하고 있을 뿐 꺼림칙한 일은 하지 않았다.

실은 2017년 여름부터 내 주변에서 미묘한 변화들이 생기기 시작했다. 내각 정보조사실이나 공안 경찰이 나를 주시하기 시작했다는 이야기가 들려왔다. 주간지에 그런 내용이 실리기도 했다.

그들이 어떤 정보망을 갖고 있는지는 알 수 없다. 예를 들면 이런 식이다. 내각조사실 측에서 나의 지인인 C 기자와 안면이 있는 의원에게 "C 씨는 어떤 사람입니까?"라고 물었다고 한다. 얼마 지나지 않아 이번에는 나에 대해 물었단다.

"도쿄신문 모치즈키는 어떤 사람입니까?"

C 기자와 내가 접점이 있다는 것을 알고 그를 통해 나에

대한 정보를 얻으려 한 것이다. 내각조사실이나 공안 경찰은 직접적으로 압박을 가하지는 않았지만, 은연중에 지켜보고 있다는 메시지를 보내면서 심리적으로 압박해 온다. 주로 이런 식으로 기자들을 압박한단다. 지저분한 방법이다.

하루는 회사 대표번호로 전화가 걸려왔다.

"모치즈키 바꿔!"

충성스러운 정권 지지자가 내게 직접 큰소리로 비난을 퍼부었다. 밤낮 가리지 않고 몇 번이고 전화를 걸어댔다. 어찌나 집요한지 회사도 위험하다고 판단했고, 그 이후로 절대 나에게 전화를 바꿔주지 않는다.

산케이신문의 취재

다른 신문사에서 불편한 기색을 보인 적도 있다. 7월의 어느 날, 산케이신문의 관저 담당 기자가 나에게 물을 것이 있다며 회사로 질문지를 보내왔다.

"모치즈키, 잠깐."

사회부장이 건네준 쪽지에는 세 개의 질문이 쓰여 있었

다. 모두 스가 관방장관의 정례회견에 대한 것이었다.

'모치즈키 기자는 주관적인 질문을 하고 있다고 생각하지는 않는가?'

'질문을 간결하게 하고 같은 취지의 질문은 삼가라는 주의를 받은 적이 있는데, 개선할 필요성을 느끼고 있나?'

'기자회견에 어떤 자세로 임하고 있으며, 앞으로는 어떻게 해나갈 것인가?'

그 기자는 6월 하순경 〈스가 요시히데 관방장관, 도쿄신문 기자에게 "사실인지 확인하고 질문해라" 직언〉이라는 제목의 기사를 썼었다.

갑자기 보내온 질문이지만, 답하지 않으면 곧 '기일까지 답변이 오지 않았다'라는 내용을 담아 기사를 쓸 것이 뻔했다. 회사 담당자가 의견을 정리하여 편집국 이름으로 답을 보냈다.

'직접 취재한 내용이나 여러 가지 자료들에 근거하여 질문하고 있습니다.'

'질문에 대해 명확한 답을 얻지 못한 경우에는 반복해서 질문하고 있습니다.'

'국민이 궁금해하는 것을 묻겠다는 생각으로 기자회견에

임하고 있습니다.'

스가 장관을 방불케 할 만큼 무뚝뚝한 나의 답변은 예상
대로 며칠 후 산케이신문 인터넷 기사에 게재되었다. 나를
마치 악당 취급하는 제목을 보고 울컥 화가 치밀었다.

> 도쿄신문 사회부 기자가 야당 의원처럼 되풀이하는 질문 때
> 문에 관방장관 회견이 엉망이 되고 있다!

기사의 어조는 담담했기 때문에 '뭐, 괜찮아!' 하고 무시
할 수 있었다. 그래도 무슨 생각으로 기자 일을 하고 있는
거냐고 따지고 싶었다.

산케이신문과는 약간의 인연이 있다. 한창 취직 준비를
하던 때 '필기시험을 망쳐도 나한테 꼭 연락해!'라고 말해
주던 대학교 선배 덕분에, 선배가 일하던 산케이신문에도
호감을 갖게 됐다. 또 도쿄신문에는 산케이신문에서 이직
해 온 여러 선배 기자들이 있었는데, 다들 열심히 취재해서
좋은 기사를 썼다. 마음속으로 늘 존경해온 분들이다.

관방장관 입장에서 같은 기자를 비판하는 기사를 쓸 게
아니라, 한 명의 기자로서 장관에게 질문하고 돌아온 답변
을 바탕으로 기사를 써주기를 진심으로 바라고 있다.

한 프리랜서 기자는 나도 참석한 관저 회견에서 이렇게 물었다.

"많은 분이 관심을 갖고 있는 부분이라고 생각합니다만, 최근 도쿄신문이나 재팬타임스 소속 기자들이 하는 질문들이 집요하다고 느끼시지는 않는지요?"

애써 기쁜 표정을 숨기며 스가 관방장관이 대답했다.

"아닙니다. 전혀 그렇게 느끼지 않습니다."

스가 장관의 본심이 아니라는 걸 잘 알았다. 회견 영상을 보면 나도 내가 집요하다고 느껴졌을 정도니까.

잊을 수 없는 사건

게실염에 걸려 쉬는 동안 어머니가 돌아가신 후 눈코 뜰 새 없이 바쁘게 보낸 나날들을 떠올렸다. 특히 신문기자로서 지금까지의 나를 돌아보는 시간을 가졌다.

신입 시절에는 무조건 특종만을 노렸다. 다른 신문에 게재되지 않은 기사를 보도하고 싶은 마음에 독자적인 기삿거리를 찾아서 혈기왕성하게 뛰어다녔다.

욕심이 앞선 탓에 엉뚱한 실수를 저지른 적도 있다. 신입사원 연수를 거쳐 지바지국에서 일하던 때였다. 모 사건에서 아무 잘못 없는 사람을 용의자로 확신하고, 그 사람의 사진을 담아 체포 기사를 쓴 적이 있다. 내가 용의자라고 오해한 사람은 폭력 조직의 두목이었다.

정보를 제공해준 경찰 간부가 사건을 잘 아는 사람이었기에 별다른 의심 없이 지바현 지방판에 기사를 실었다. 지국에 도착한 조간을 보며 혼자 만족스러워하고 있을 때, 다른 경찰 간부에게 전화가 왔다.

"모치즈키 씨, 기사 읽었는데요. 그 두목은 잡히지 않았어요!"

순간 온 몸이 얼어붙는 듯했다. 체포된 것은 두목이 아닌 폭력 조직의 간부였다. 사죄하러 가는데 따라가겠다고 사정했지만 모두가 말리는 바람에 결국 지국장과 캡이 나 대신 폭력 조직 사무소로 향했다.

다행히도 꽤 연배가 있던 두목은 마음이 넓었다. 사정을 듣고 웃으면서 이렇게 말했다고 한다.

"기운찬 기자님이십니다. 젊을 때는 실수도 하는 법이지요"

두 분에게 소식을 전해 듣고 나도 모르게 가슴을 쓸어내렸다. 그날 입사 후 처음으로 경위서를 썼다. 특종을 쓰고 싶다는 욕심으로 앞뒤 가리지 않고 돌진하는 경주마 같았던 나에게 따끔한 맛을 보여준 사건이었다.

지금도 잊을 수 없는 특종이 있다. 사이타마지국 시절 취재했던 사건이다. 총도법(총포·도검류 소지 등 단속법) 위반으로 체포 및 구금된 폭력 조직 두목과 당시 그 사건 취조를 담당하던 사이타마지검 구마가야지부의 구니이 히로키 國井弘樹 검사 사이의 뒷거래를 포착하여 지면에 보도했다. 검사 자격이 의심될 만큼 상식을 벗어난 행동이었다. 취조실 안에서 성립된 뒷거래를 요약하면 다음과 같다.

폭력 조직 두목이 총도법 위반으로
지명수배 중이던 조직원에게 전화를 건다.
↓
폭력 조직 두목은 그 조직원에게 숨겨두었던
권총을 다른 징소로 옮기라고 지시한다.
↓
미리 대기해 있던 경찰이 그를 체포한다.

총을 숨긴 장소를 고백하고 싶지 않았던 폭력 조직 두목과 지명수배범을 체포하고 싶어 했던 사이타마지검 및 현경이 입을 맞춘 것이다. 검사와 경찰 측은 권총을 압수하는 성과까지 달성할 수 있었다.

이처럼 당국과 용의자 모두 이익을 얻는 쪽으로 사건을 날조하는 것은 쇼와 시대에 자주 이루어졌던 수법이다. 최근에는 검찰 내에서도 이 악습을 끊어내려는 움직임이 많아지고 있다. 그런데도 구니이 검사는 취조실 안에서 용의자가 지명수배범에게 전화를 거는 전대미문의 행위를 눈감아주었다. 실적을 위해 그런 짓까지 하다니, 충격적이었다.

그 전까지는 검사라는 직업에 호감을 갖고 있었다. 많은 검사가 긍지와 사명을 갖고 권력과 대치한다. 그들의 방에서는 세파에 흔들리지 않는 공기가 흐르는 듯했다. 사법시험과 경력시험이라는 높은 장벽을 뛰어넘은 매우 우수한 인재들이다.

구니이 씨는 그중에서도 잘나가는 검사였다. 기무라 다쿠야木村拓哉가 주연을 맡았던 드라마 〈HERO〉 속 정의로운 검사의 실사판이라는 평가를 받기도 했다. 그래서 더더욱 구니이 씨의 수사 수법을 쉽사리 믿을 수 없었다.

구니이 검사를 절대로 용서할 수 없다고 분노한 검사나 사무관들이 많았다. 취재를 반복하면서 꼼꼼히 진위를 확인한 후 그 목소리를 담아 기사를 썼다.

도쿄신문 보도를 보고 도쿄고등검찰청과 사이타마지방 검찰청이 내부 조사에 착수했지만, 결과적으로 위법행위는 없었다고 판단했다. 구니이 씨는 검찰총장에게 구두로만 주의를 받았을 뿐, 그 어떤 징계처분도 받지 않았다.

구니이 검사는 원래 사이타마지검을 거쳐 도쿄지검 특수부로 승진할 예정이었다고 한다. 승진에는 무리가 있다고 보류되었지만, 시간이 흘러 그는 오사카지검 특수부에서 근무하게 된다. 그리고 그때, 구니이 씨 이름이 또 한 번 크게 보도된다. 무라키村木 씨 사건이라고 하면 기억하는 분도 많을 것이다.

누명 사건에 또다시 등장한 구니이 검사

후생노동성의 무라키 아쓰코村木厚子 씨(현 '이토추伊藤忠 상사' 사장 및 오사카대학교 남녀협동추진센터 초빙교수)가 오사카지검 특수부에 공문서 위조와 행사 혐의로 체포 및 기소되었다. 하지만 그 후, 검사가 증거를 조작한 사실이 밝혀졌다. 무라키 씨는 오사카 지방법원 1심에서 무죄판결을 받았고, 오사카지검이 항소권을 포기하면서 무죄판결이 확정됐다.

무라키 씨가 누명을 썼다는 사실이 밝혀지던 날 밤, 증거를 조작한 마에다 쓰네히코前田恒彦 주임 검사가 증거인멸 혐의로 체포되었다. 상사였던 오쓰보 히로미치大坪弘道 오사카지검 전 특수부장, 사가 모토아키佐賀元明 특수부 부부장도 범인 은닉 혐의로 체포되었다. 당시 검찰총장이었던 오바야시 히로시大林宏 씨가 책임의 일환으로 취임한 지 6개월 만에 사퇴했다.

검찰 전체의 신뢰가 흔들리는 엄청난 사건이었다. 사이타마에서 오사카지검 특수부로 새롭게 부임한 구니이 검사도 두 번에 걸쳐 국가공무원법상 징계처분을 받았다.

우선 주임 검사가 증거를 조작한 사실을 모두 자백했는데도, 6개월 가까이 방치한 채 상사에게 보고하지 않았다는 이유로 감봉 1개월 처분을 받았다. 이어서 무라키 씨를 취조하던 중 상사가 실시한 조사에서 사실을 보고하지 않았다는 점이 또 한 번 드러나 경고 처분을 받았다.

구니이 검사는 취조 과정에서 무라키 씨 이야기는 전혀

듣지 않고 자신이 생각한 대로 사건의 줄거리를 주저리주저리 설명했다고 한다. 사실과 완전히 다른 조서를 작성한 후 서명을 재촉했다는 사실도 후에《주간아사히週刊朝日》보도를 통해 드러났다.

구니이 검사는 최종적으로는 불기소처분을 받았지만, 그때 썼던 엉터리 조서를 파기한 사실이 드러나 위증 및 증거인멸 혐의로 고발되기도 했다.

1심 재판에서 무라키 씨 변호인 측이 사이타마 시절 내가 보도한 권총 뒷거래에 관한 기사를 증거로 제출했다고 들었다.

"당신은 이런 일을 한 적이 있습니까?"

"그 기사는 날조되었습니다."

구니이 검사의 비상식적인 취조가 낱낱이 밝혀졌다. 당시 사회부 사법 담당으로 복귀해 있던 나는 검찰청 간부에게 이런 말을 들었다.

"처음 자네가 기사를 썼을 때 제대로 된 처벌을 했다면 적어도 구니이 검사가 특수부로 가는 건 막을 수 있었을 텐데. 그랬다면 이런 일도 없었을 거고 말이야."

실제로 사이타마 지방검찰청의 2인자인 차석 검사는 구

니이 검사의 뒷거래 사실이 밝혀졌을 때 몹시 화내며 이렇게 말했다.

"누가 뭐라 해도 이건 너무했지! 틀림없이 처벌받을 거야."

그러나 앞서 언급했듯이 구니이 검사는 검찰총장에게 구두로만 주의를 받았을 뿐, 실질적인 문책을 받지 않았다.

일치련사건에서 맺은 인연

이 놀라운 솜방망이 처분이 지난 2004년 취재했던 일치련사건과 관련이 있다는 사실을 나중에 알게 됐다. 나를 포함해 도쿄신문 취재기자 세 명을 조사했던 도쿄지검 특수부 간부는 그 이후 대검찰청 형사부장을 거쳐, 도쿄지검의 차석 검사로 승진하며 탄탄대로를 달렸다.

바로 그 간부가 사이타마에서 구니이 검사의 뒷거래를 보도한 내 기사를 읽고 순간 분노하며 이렇게 말했다고 한다.

"또 모치즈키야! 절대로 구니이 검사를 처벌해서는 안 돼!"

다른 도쿄지검 간부에게는 또 이런 말을 들었다.

"자네가 보도한 사이타마사건은 다른 신문들이 후속취재를 하지 않았기 때문에 조용히 지나갈 수 있었어. 검찰청 내에서는 '또 모치즈키가 썼어. 절대 처벌하지마' 하는 의견과, '검사의 이런 짓거리를 용서해서는 안 된다. 처벌해라' 하는 의견으로 나뉘었는데, 나는 처벌하지 않기로 결정했다."

검찰청은 대단히 시끄러웠단다. 특수부는 결국 내가 어떻게 우회 헌금 리스트를 입수했는지 알아내지 못했다. 끝내 입을 열지 않은 나에 대한 원망이 컸을 것이다. 일치련 사건 조사 당시 진짜 목표는 이틀에 걸쳐 취조한 나였다는 사실이 완전히 드러났다. 역시 그랬구나, 하는 생각이 들면서 넌덜머리가 났다.

그 기분을 이해하지 못하는 바는 아니지만, 처벌해야 한다는 목소리를 무시하면서까지 내가 쓴 기사라고 사건을 덮어야 했을까?

사이타마에서 썼던 그 기사가 생각만큼 큰 영향을 미치지 못하고 결국 구니이 검사가 두 번 모두 불기소처분을 받은 것은 지금도 유감스럽다. 만약 그때 구니이 검사가 오사카지검 특수부로 부임하지만 않았어도, 무라키 아쓰코 전 사무차관 사건의 증거를 날조하다가 체포되는 일은 없었을 것이다.

숨겨진 진실을 밝힌 뒤

조금 길어져버렸다. 사이타마 사건이 내게 가장 깊은 인상을 남긴 이유는 두 가지이다. 우선 취재원이 알리려 하지 않는, 가능하면 감추고 싶어 하는 스캔들을 탐사보도를 통해 폭로한 점이다. 앞서 말했듯 나는 경찰이나 검찰 등 권력자들이 감추고자 하는 것을 드러내는 일을 사명으로 삼아왔다. 지바지국 시절 감식반 형사가 해주었던 '정보를 이야기할 건지 말 건지는 기자가 얼마만큼 열정을 가졌는지에 달렸어'라는 말을 되새기며 취재에 임해왔다. 내가 처음부터 취재한 사건이 더욱 큰 문제로 확대되었기 때문에 개인적으로도 인상 깊게 남아 있다.

또 이 사건을 계기로 특종에 대한 생각이 바뀌었다. 기사를 쓴 직후 다른 기자에게 이런 말을 들었다.

"만약 아사히신문이 보도했다면 달랐을지도 몰라."

다른 신문에 특종이 보도되면 보통은 진위를 확인한 후

후속취재를 진행한다. 그러나 같은 석간신문 중에서 후속취재를 했던 곳은 아사히신문뿐이었다. 모든 신문이 이 사건의 뒤를 쫓았다면 분명 더 큰 주목을 받았을 것이다. 엄격한 비판 여론이 형성되면서 최소한 검찰총장의 주의 정도로 끝나지는 않았을 것이다.

물론 신문기자라면 누구나 특종을 원한다. 그럼에도 시대의 변화에 민감하게 대응해야 한다는 생각이 들었다. 만약 지금의 내가 우회 헌금 국회의원 리스트를 입수한다면, 물론 있는 그대로 다 알리지는 않겠지만, 내 나름대로 인맥을 쌓아둔 다른 기자들과 정보를 공유할 것이다. 단독보다는 여러 매체에서 다양한 방향으로 의혹을 제기하는 것이 더욱 효과적이기 때문이다. 럭비의 스크럼scrum 같은 것이다.

종이와 전파, 신문과 잡지라는 벽을 넘어서 상황에 따라 다양한 미디어가 수평적으로 연대해야 한다는 생각이 들었다. 이 생각은 아베 정권이 출범한 이후 더욱 강해지고 있다.

미디어가 위축되었다는 말은 오래전부터 계속되었다. 나는 2014년 11월이 그 기점이었다고 생각한다.

2014년 12월에 있었던 중의원 의원 총선거 직전, 자민당 수석 부간사 하기우다 고이치萩生田光一 이름으로 선거 보도에 있어서 공정성과 중립성을 준수하라는 내용의 문서가 모든 방송국에 전달되었다. 요청서 자체도 이례적이었지만 그 내용은 더욱 충격이었다.

'현장 인터뷰 자료 및 영상이 한쪽 의견에 치우치거나 특정한 정치적 입장을 강조하는 일이 없도록 중립적이고 공정하게 보도해주기를 바랍니다.'

본래 방송국의 재량인 현장 인터뷰에 무슨 기준으로 공평성과 중립성을 논한다는 말인가. 정부 및 자민당의 간섭을 받지 않기 위해서 자연스레 현장 인터뷰 자체를 보도하지 않을 가능성이 컸다.

총무성이 관할하는 전파법에 근거해 방송 면허를 부여하는 것도 방송국의 입지를 약화시켰다. 긍지를 갖고 반론해야 할 상황에서, 정권 여당의 눈치를 보는 분위기가 급속도로 퍼져갔다.

TV아사히 〈보도스테이션〉의 에무라 준이치로惠村順一郎 씨, TBS 〈NEWS 23〉의 기시이 시게타다岸井成格 씨, NHK 〈클로즈업 현대〉의 구니야 히로코国谷裕子 씨 등 정권에 대해 날카로운 의견을 드러내던 기자와 뉴스캐스터가 잇달아 하차했다.

나는 이 무렵 여러 스터디 모임에 참가했다. 5~20명 정도의 보도 관계자가 함께 모여 서로가 가진 정보를 공유했다. 방송계를 심각한 상황으로 몰아넣은 억압적인 분위기는 곧 신문사에도 전해져 왔다. 이럴 때일수록 매체와 회사라는 벽을 넘어 더욱 수평적인 연대를 촘촘히 해서 미래에 대한 위기감을 나누어야 한다고 생각했다.

스터디에는 친정권적인 회사의 기자들도 참석했다. 어느 회사든 권력에 굴하지 않고 기자로시의 뜻을 관철시기며 자신의 길을 걸어가는 믿을 만한 기자가 있다는 생각에 든든해졌다. 스터디 모임은 참가자들이 신뢰하는 동료들을 소개하는 형태로 점차 규모를 키워갔다. 만일의 경우 함께 싸워줄 동료를 얻었다는 것도 큰 힘이 된다.

신문이나 TV, 라디오를 넘어서 연대의 움직임이 계속됐다. 전 경제산업성 관료였던 고가 시게아키 씨에게 이런 이야기를 들었다.

"저는 모치즈키 씨가 처음 관방장관 회견에 등장했던 순간부터 충격받았습니다."

지켜봐주는 사람이 있어서 기쁘고 든든했다. 사건 취재 기자들 사이에서 신적인 존재로 존경받던 시미즈 기요시 씨도 나를 격려해주신다. 트위터에도 격려의 메시지를 남겨주어서 늘 감사하다.

종종 마음을 뒤숭숭하게 하는 메일이 오기도 한다.

'나보다 네가 먼저 공모죄로 체포될 거야!'

이런 이야기들은 지금과 같은 태도로 팍팍 밀고 나가라는 최고의 칭찬으로 받아들이고 있다.

주간지 《AERA》에서 최초로 여성 편집장을 지내고 지금은 웹 잡지인 《BUSINESS INSIDER JAPAN》의 총괄 편집장을 맡고 있는 하마다 게이코浜田敬子 씨도 나를 지지해주시는 분이다. 들어보니 《주간아사히》에서 정치 취재를 하던 때, 망설임 없이 날카로운 질문을 던지다가 실례되는 질문은 하지 말라고 캡에게 혼난 적이 있다고 한다. 비슷한 경험이 있어서인지 나에게 많이 공감해주셨다.

"같은 회사 사람들에게 한 소리 들을 때가 가장 힘들지요. 혹시나 도쿄신문 정치부가 타박을 하는 건 아닌가 싶어서 늘 도와주고 싶었답니다."

광고회사 사장이자 NPO^{Non Profit Organization} 교육 법인 '키즈도어'에서 홍보를 담당하고 있는 와카바야시 나오코^{若林直子} 씨도 나를 믿어주셨던 분이다. 키즈도어는 마에카와 기헤이 씨가 문부과학성을 퇴직한 후 자원봉사를 다녔던 곳이다. 이전부터 친분이 있던 나오코 씨는 친정권적인 언론사가 나에 대해 비판적인 기사를 많이 쓰던 무렵 인맥을 동원하여 모치즈키를 도와달라고 호소해주기도 했다.

사람과 사람의 연대가 새로운 에너지를 불어넣어준다. 그 외에도 프리랜서 저널리스트나 정치평론가, 방송관계자, 아나운서 등 많은 사람에게 격려를 받고 있다. 지금까지는 해보지 못한 생각인데, 의심하고 분노하면서 문제를 추적할 때마다 다른 사람들과 함께하고 있다는 느낌이 든다. 더욱 힘내야지, 하고 마음을 다잡게 된다.

회견실에도 소수이지만 내 편이 생겼다. 6월 8일에 있었던 회견에서 스가 장관에게 함께 질문해준 재팬타임스의 요시다 레이지 기자는 나보다 다섯 살 많은 선배 기자이다. 1993년부터 재팬타임스 기자로 활약해온 그는 방위청, 도쿄증권거래소, 자민당, 외무성, 총리 관저 등 여러 곳을 담당해왔다. 보도부 차장을 거쳐 제2차 아베 정권이 탄생한 2012년 12월부터 다시 총리 관저 취재를 맡았다.

납득할 수 없는 답변에는 더욱 예리한 질문으로 응수한다. 가케 학원 스캔들을 제대로 재조사해달라는 내 질문에, 스가 장관이 "문부과학성이 문서의 존재 여부나 내용을 다시 조사할 필요는 없다고 판단했습니다"라고 대답했을 때였다. 그때, 요시다 기자가 끼어들었다.

"여러 대형 언론사에서 문서가 있었다는 현직 문부과학성 직원들의 증언을 보도하고 있습니다. 이 보도가 모두 거짓이고 믿을 수 없다는 말씀입니까?"

간결하면서도 핵심을 찌르는 질문에, 스가 장관은 당황해서 방어적인 자세로 돌변했다.

"거짓이라고 한 적 없습니다. 여러 가지 논란이 있기는
했지만 문부과학성이 다시 확인할 필요가 없다고 판단했을
뿐입니다."

말이 통하지 않는다는 듯 요시다 기자는 질문을 이어갔다.

"왜 그렇게 판단했는지 설명이 되지 않습니다. 증거가 없
으면 결론이 나지 않는 거 아시잖아요. 컴퓨터 조사만 한
건가요? 하지 않는 것보다는 하는 편이 낫다는 것은 누구
나 다 아는 사실입니다. 왜 컴퓨터 조사만 고집하는지 도무
지 이해할 수 없습니다. 하고 싶지 않다는 말로 들려요. 기
자들의 보도를 믿을 수 없다는 말입니까?"

이렇게 스가 장관을 추궁하는 모습을 보며 홀딱 반할 뻔
했다. 이날 이후 재팬타임스 편집국에 요시다 씨를 응원하
는 전화가 수없이 걸려왔다고 한다. 언젠가 재팬타임스 여
성 간부와 이야기를 나눌 기회가 있었는데, 요시다 기자를
전폭적으로 신뢰하던 그 간부는 웃으면서 내 등을 살짝 밀
었다. "둘이서 잘해봐요!"

나보다 조금 늦게 정례회견에 출석한 아사히신문 정치부
전 관저 담당 미나미 아키라 기자도 든든한 존재이다. 논리
정연하게 몇 번이고 질문을 거듭하며 '그런 지적은 맞지 않

다'라는 말만 반복하는 스가 관방장관에게 의외의 답을 이끌어낸다.

국가전략특구 워킹그룹의 회의록 일부가 조작된 것이 발각된 후 열린 정례회견에서 일어난 일이다. 여느 때처럼 내 질문에 입을 얼버무리던 스가 장관을 보고 화를 참지 못해 이렇게 말했다.

"조사를 제대로 해서 국민에게 똑똑히 밝힐 생각은 없나요?"

돌아온 대답을 듣고 내 귀를 의심했다.

"국회에서 말한 그대로입니다. 여기는 질문에 대답하는 곳이 아니라고 생각합니다."

그렇다면 정례회견은 도대체 무엇을 하는 곳이란 말인가. 답변이 궁해지니 대충 얼버무리려다 제 무덤을 파고 있었다.

이어서 질문해준 사람이 미나미 아키라 기자였다. 이때다 싶었는지 2012년 당시 야당 의원이었던 스가 장관이 발표한 저서 『정치인의 각오政治家の覚悟』속 한 구절을 언급하며 논리정연하게 질문했다.

"어떤 정치인은 '정부가 모든 기록을 극명하게 남기는 것은 당연한 일이고, 의사록은 가장 기본적인 자료이다. 의사록을 게을리 작성하는 것은 국민을 배신하는 행위이다'라고 자신의 책에 썼습니다. 스가 장관님은 누가 썼는지 혹시 알고 계십니까?"

얼굴빛 하나 바뀌지 않은 스가 장관이 모른다고 답했다. 미나미 기자가 다시 추궁했다.

"이 말은 스가 장관님 책에 쓰여 있는 건데요."

5년 전에 쓴 저서 내용과 모순된 행동을 하고 있다고 지적받자, "아닙니다. 나는 열심히 기록하고 있다고 생각합니다" 하면서 멋쩍은 웃음을 지었다.

즉흥적으로 질문을 내던지는 편인 나는, 세 살이나 어린 미나미 기자에게 감동받은 적이 많다. 한편으로는 이런 의문도 들었다. 관저 담당과 장관 담당인 동료 기자들이 이미 내각기자회에 출입하고 있는데, 어쩌다 관방장관의 정례회견에 출석하게 된 걸까?

나는 사회부 소속으로 부서라도 다르지만 미나미 기자는 같은 정치부였다. 이유를 물어봤다가 생각지도 않은 대답을 듣고 울컥했다. 당시는 정례회견에서 질문하는 내 영상이 인터넷이나 동영상 사이트에 한창 돌아다니면서 비난을 받던 때였다.

"그 영상을 보고 도와드려야겠다고 생각했어요."

관저 담당이 아니어서 정례회견에 자주 출석하지는 않지만, 그래도 종종 요시다 기자와 미나미 기자를 회견실에서 만나는 것만으로도 혼자가 아니라는 생각이 든다. 마음이 든든해지고 용기도 생긴다.

그래도 여전히 걱정스러운 부분도 있다. 회견실에는 같은 아사히신문의 정치부 기자가 여러 명 출입하고 있었다.

"정치부에서 눈치를 주지는 않아?"

이번에는 짜릿한 대답을 들었다.

"신문기자로서 사람들이 알고 싶어 하는 것에만 집중할 뿐입니다. 아무 상관 없어요."

지바지국 시절부터 매우 우수했고, 도쿄 본사에 부임했을 때는 정치부뿐만 아니라 사회부에서도 탐내는 인재였다고 한다. 사회부 기자의 근성을 가진 정치부 기자인 셈이다. 나보다 어리고 회사도 다르지만, 여러 가지 고민을 상담한 적도 많다. 요시다 기자와 마찬가지로 진심으로 존경하는 동료이다.

더 넓은 곳으로

작년 무기 수출에 대한 2권의 책을 출간한 이후 여기저기서 강연을 하게 됐다. 기사만 쓰던 때는 해보지 못한 일이다. 나의 중심은 신문이지만, 여러 채널을 통해 메시지를 전달할 필요가 있다고 느꼈다.

강연회에서는 여태껏 취재해온 무기 수출 문제를 주로 이야기하는데, 주최 측이나 청중들은 스가 장관과 정례회견에서 주고받는 이야기를 궁금해하며 질의응답 시간에 관련 질문들을 많이 한다. 10명 정도의 작은 모임에서 수백 명의 대형 강연까지, 일정이 허락하는 한 뭐든 하고 싶다.

최근에는 취재 의뢰도 받았다. TV와 라디오, 주간지, 여성잡지, 인터넷TV 등 여러 가지 매체를 통해 내 생각을 전하고 있다. 우리 회사의 신문을 읽지 않는 독자들에게도 어떻게 해서든 지금의 정치가 가진 문제점을 전하고 싶기 때문이다.

얼마 전 많은 독자를 보유한 《분슌 온라인文春オンライン》에 내 인터뷰 기사가 실렸다. 〈내가 관방장관에게 큰 소리로 질문하는 이유〉, 〈장관을 공격하는 나도 부부 싸움에서

는 수동적이다〉라는 제목으로 2편의 기사가 게재되었다.

《AERA dot.》과 《BUISINESS INSIDER》에도 회견에서 질문하는 이유를 주제로 회견실에서는 직접 전할 수 없는 내 생각들을 기사화했다.

10~20대의 젊은 여성들이 많이 보는 《사이조우먼サイゾーウーマン, cyzowoman》에서도 나를 취재했다. '여성을 자극하는 뉴스 블로그'라는 슬로건을 가진 웹사이트인데, 주로 아이돌 가수의 연애담이 인기 토픽이다. 취재 요청을 받았다는 소식을 회사에 전했더니, 부장은 "사이조우먼이 뭐야?"라고 의문스럽게 물었다. 신문을 읽지 않는 젊은 사람들이 조금이라도 정치에 관심을 갖기를 바라는 마음에서 응하고 있다.

연예인 관련 뉴스 사이에서 〈도쿄신문 모치즈키 이소코 기자가 말하는 아베 정권의 뒷모습. 기자가 마치 스파이처럼⋯〉이라는 제목의 내 기사가 조회수 1위를 차지했다는 소식을 전해 듣고 정말 기뻐했던 기억이 있다.

모리토모 스캔들부터 마에카와 씨 사건을 포함한 가케 스캔들, 그리고 시오리 씨 문제의 본질은 무엇일까? 지금

일본에서 무슨 일이 일어나고 있는 걸까? 왜 있을 수 없는 일이 버젓이 이어지고 있는 것일까. 아베 정권의 어디가 어떻게 이상한가.

앞으로도 사명감을 갖고 이 문제들을 날카롭게 추적하고, 도쿄신문 지면을 통해 독자들에게 진실을 전달하며 살아갈 것이다. 나는 정권과 총리 관저의 문을 직접 두드릴 수 있는 환경에 있다. 감사하는 마음으로 꼭 해야 하는 질문을 해나가겠다.

내 의지와는 관계없이 나는 이제 요주의 인물이 되었다. 앞으로 관저 측은 계속 질문 수를 제한하고, 내각기자회에서는 기자회견 출입을 막을지도 모른다. 스가 장관이 화가 많이 났다는 이야기를 들었다.

앞으로 사회부 기자로서 무엇을 해야 하는가?

물론 질문하고 답을 듣는 것이 기자의 일이지만, 지금의 스가 장관을 상대로는 쉽지 않은 일이다. 그렇다고 질문을 하는 것 자체가 의미가 없냐고 하면, 결코 그렇지는 않다.

재임 기간이 역대급으로 긴 스가 장관은 정권을 뒤흔들지도 모를 각료의 스캔들이나 실언에 대한 비판에 "그 지적은 사실이 아니다"라는 말로 일축해왔다. 아무런 표정 변화 없이 철벽 방어를 한다. 하지만 약 3개월에 걸쳐 질문해 오면서 조금씩 달라진 부분도 있다. 처음 '안정의 스가'라 불리던 모습과는 달리, 보고 있는 사람들에게 위화감을 주는 솔직한 감정들을 내비치고 있다.

나는 분위기 파악을 못 한다는 말을 자주 듣는데, 실제로 그런 편이다. 일부러 파악하려 하지 않기도 한다. 그 덕분에 스가 장관이 감추려 하는 다른 표정을 들여다볼 수 있었다. 그 표정들을 보고 있으면 가케 문서는 없었다는 변명이 얼마나 억지스러운 말인지 느껴진다. 보고 있는 사람도 이런데, 본인은 어떤 마음일까? 질문들이 쌓여 큰 소리가 되고, 언젠가는 정권을 뒤흔들 거라고 믿으면서 매일 총리 관저로 향하고 있다.

나는 특별한 일을 하는 게 아니다. 권력자가 감추고 싶어 하는 것을 드러내기 위해 열정적으로 취재원을 만난다. 기자로서 내가 가진 사명은 이것뿐이다. 앞으로도 이상하다고 느끼면 질문을 던지고 끝까지 파고들 것이다. 집요하다는 말을 듣거나, 심지어 혐오감을 준다 해도 상관없다. 그림 퍼즐을 맞추는 것처럼 하나씩 하나씩 의문을 풀어가고 싶다.

다행히도 중학생 때부터 꿈꿔왔던 기자가 될 수 있었다. 신문기자 모치즈키 이소코의 자세는 무엇을 취재하든지 간에 결코 달라지지 않을 것이다.

마치며

    활짝 갠 하늘 아래에서 드라이브를 하면 기분이 상쾌해진다. 수평선이 저 멀리까지 이어지는 바다를 보고 있으면 빨려들 것만 같은 기분이 든다. 오봉[•] 휴가 때는 관공서도 휴무이다. 짬을 내서 아이들과 함께 지바로 향했다.

    여름휴가로 지바에 가는 것은 처음이다. 지금까지는 엄마를 모시고 가족 여행 겸 오키나와에 갔었다. 따사로운 햇볕이 내리쬐는 오키나와의 호텔을 엄마가 좋아하셔서 해마다 거기에 묵고는 했다. 연례행사처럼 가는 휴가였는데, 정말이지 올해는 가고 싶지 않았다.

    남편도 일 때문에 함께할 수 없었다. 그래서 엄마가 돌아

<hr>

[•] 매년 양력 8월 15일을 중심으로 지내는 일본 최대의 명절.

가시던 날 달려와주셨던 외삼촌과 함께 보소房総반도를 돌아보기로 했다. 해변가의 레스토랑에서 신선한 해산물 요리를 배불리 먹고, 바다를 바라볼 수 있는 온천에 여유롭게 몸을 담갔다. 숙박했던 호텔에는 수영장도 있었다. 날씨가 완전히 개지 않아서 약간 쌀쌀했지만, 아이들은 신나게 물장난을 하고 놀았다.

첫날은 비가 오고 흐렸지만 둘째 날은 화창했다. 차창 밖을 바라보며 경치를 즐기니 그제야 여행을 왔다는 사실을 실감했다. 모든 긴장이 풀리면서 마음속 깊은 곳까지 안정되는 기분이었다.

멍하니 밖을 내다보며 분주했던 지난날을 돌아보았다. 회견, 취재, 원고, 인터뷰, 강연…. 있는 힘을 다해 앞만 보며 달려왔다. 여전히 관방장관 회견을 생각하면 마음 한구석이 답답해진다. 무언가 이야기를 끄집어내고 싶은 마음은 굴뚝같은데, 스가 장관은 "문부과학성에 물어보시오", "재무성에 물어보시오", "국회대책위에 물어보시오"라며 화제를 돌리기 일쑤였다.

나를 향한 비난도 무시무시했다. 아무 의도 없는 내 말에 말꼬리를 잡았고, 악의적으로 편집된 영상이 일부 매체에 보도되기도 했다. 내 말투가 서툰 부분도 있었지만 누가 봐도 자의적인 보도도 많았다. 분한 마음이 든 게 한두 번이 아니었다.

엄마가 살아 계셨다면 엄마를 붙잡고 펑펑 울었을지도 모른다. 엄마는 항상 나를 걱정해주셨다. 책이 막 나왔던 작년쯤에도, 기뻐하시는 한편 "이럴 때일수록 조심해. 잘되면 잘될수록 발목을 잡는 사람이 나오는 법이니까" 하며 걱정하셨다.

엄마 생각이 나면 힘이 들까 봐 지바에 왔는데, 결국 여기서도 엄마 생각이 났다. 폭풍처럼 바쁘게 지나가는 일상 속에서 상실감을 느낄 틈도 없었고, 나 스스로도 바쁘면 기분이 나아질 것 같아서 일부러 스케줄을 빡빡하게 짜곤 했다.

막상 시간적 여유 없이 압박감을 느끼는 나날이 계속되다 보니 나도 모르는 사이 매 순간 긴장하며 살아온 것 같다. 집에서는 일을 잊어버리고 가족과 시간을 보내려 애썼지만, 무의식중에 여러 가지 생각이 밀려왔다.

수영장에서 딸과 함께 신나게 놀고 있던 중 싱글벙글 웃던 아이가 내게 말했다.

"엄마도 즐겁지?"

딸은 아직 초등학교 입학 전이다. 아직 어린데도 초조한 내 마음을 알아채고 걱정해준 걸까? 미안하기도 하고 너무 사랑스럽기도 해서 가슴이 벅차올랐다.

여름휴가가 끝나고 다시 정례회견에 참석했다. 신문사 분위기는 점점 더 억압적으로 변해갔다. 안타까운 날들 가운데 새로운 변화도 있었다. 뒤에서 보조 역할을 했던 내가 정면에 나서서 일할 기회도 생겼고, 정치인에 대한 존경심도 갖게 됐다.

정치인들은 회견에서 자신의 행동과 결정에 대해 모든 것을 털어놓아야 한다. 과거에 했던 말과 행동 하나하나를 심판받는 것이다. 물론 좋은 평가를 받기도 하지만, 주로 비난을 받는다. 사람들 앞에 나서면서 때로는 무자비한 공격을 듣다 보니 정치인들의 심정이 이해가 갔다. 그들이 어떤 각오로 일하고 있는지를 간접적으로나마 느낄 수 있어서, 그 전에 없던 존경심을 갖게 됐다.

회사 내외에서 주목받는 일도 많아졌다. 기자로서 알고 싶은 것을 묻고 있을 뿐인데 왜 이렇게 욕을 먹는 걸까? 이럴 거면 회견에 참석하지 않는 편이 낫지 않을까? 나약한 생각이 몇 번이고 머리를 스쳤다.

그래도 다시금 마음을 다잡고 출석하는 것은 권력이 감추려고 하는 것을 캐내 세상에 드러내야 한다는 기자로서의 사명 때문이다. 지바지국 시절 감식반 형사가 해주었던 '정보를 이야기할 건지 말 건지는 기자가 얼마만큼 열정을 가졌는지에 달렸어'라는 말을 받침대로 삼아, 가슴속에 끓어오르는 생각들을 취재원에게 부딪쳐가며 여기까지 왔다.

모리토모·가케 스캔들의 풀리지 않은 의혹은 여전히 산더미처럼 쌓여 있다. '문서는 없다', '메모는 버렸다', '기억에 없다'라는 정권 측의 발언은 아무리 생각해도 이상하고, 그 과정 역시 불투명하다.

항상 마음속에 소중히 새기고 있는 말이 있다. 인도 독립의 아버지라 추앙받는 마하트마 간디의 말이다.

> 당신이 하고 있는 일의 대부분은 무의미하지만
> 그래도 해야 한다. 세상을 바꾸기 위해서가 아니라,
> 세상으로 인해 자신이 바뀌지 않기 위해서이다.

아무리 노력해도 쉽게 세상을 바꿀 수는 없을 것이다. 그럼에도 주변의 환경 때문에 내가 변하지 않기 위해서, 내가 생각하는 정의를 잃지 않기 위해서 앞으로도 끊임없이 기

사나 강연 등을 통해 많은 사람에게 정치와 사회의 문제점을 전할 것이다. 설령 혼자 남겨진대도 상관없다. 미래를 짊어질 아이들을 위해서라도 지금의 내가 할 수 있는 일들을 하나하나 해나가고 싶다.

2017년 9월

모치즈키 이소코

코로나 19가 세계의 질서를 바꿔가는 시대이다. 전염병에 저항하는 각국의 대응은 그 사회가 어떤 민낯을 숨기고 있는지 보여주는 듯하다. 아베 정권이 전염병을 대하는 태도는 무언가를 감추기에만 급급하다는 인상을 준다. 공문서 위조, 모리토모 및 가케 학원 의혹, 검찰의 부패, 정권과 언론의 유착, 성폭력 사건 처리 과정 등 숱한 의혹들을 감추는 아베 정권을 보면서 많은 의문이 솟아올랐지만, 이번에는 그것과는 완전히 다른 어두운 동굴을 보는 것 같다. 그 뒤에 숨은 일본의 민낯을 더욱 가까이에서 보고 싶어졌다.

눈길을 끄는 기사 제목들은 많다. 하지만 그러한 기사들을 믿을 수 없게 된 지는 꽤 오래되었다. 이때 관방장관 회견에 혜성처럼 등장하여 날카로운 질문을 던져 유명해진 도쿄신문의 모치즈키 이소코 기자가 쓴 책을 만났다. 어떤 기사보다도 일본의 민낯을 선명하게 만날 수 있지 않을까? 기대를 품고 번역을 결심했다.

　그런데 나의 기대는 더 좋은 방향으로 빗나갔다. 이 책은 한 기자의 취재기이자, 한 여성의 삶의 기록이다. 아베 정권 속 여러 스캔들의 중심에서 숨겨진 진실을 찾아가는 르포일 뿐만 아니라, 때로는 실수하고, 자신의 분노와 슬픔을 다스리지 못해 그 감정을 고스란히 드러내기도 하고, 특종 욕심에 불완전한 기사를 쓰다가 선배 기자들로부터 꾸지람을 듣기도 했던 저자가 지난날의 자신을 숨기지 않고 마주하며 쓴 기록이다. 그렇게 직업인으로서의 성취와 인간적 성장이 담긴 저자만의 삶을 어떤 포장도 없이 써냈다.

　모치즈키 기자의 고백 안에 담긴 일본 사회의 현실은 어떤 기사보다도 생생했다. 패전 후 일본이 정의라고 외쳐온 '평등'과 '안전'이 과연 어디로 향하고 있는지, 한낱 신화로만 남게 되는 건 아닐지 하는 생각들이 밀려왔다. 나아가 모치즈키 기자의 일상 안에 등장한 총리 관저의 정치인과 관료들, 기자와 언론사, 경찰과 검찰은 우리나라의 현실을 마주하게 해주었다. 비슷한 점이 너무나도 많아 입이 다물어지지 않을 정도였다. 권력과 정의가 부딪히는 소리를 매일같이 들어야 하는 우리의 오늘을 다시금 생각했다.

잔잔한 여운 하나가 남는다. 엄혹한 시절 '치열하게' 살고자 노력했던 지난날의 나를, 우리 세대의 젊은 시절을 돌아보게 됐다. 그리고 지금, 이곳에 서 있는 나를 생각한다. 나는 나의 자리에서 '치열하게' 살고 있는지, 그 치열함이 이 시대에는 어떤 색깔로 그려져야 하는지 돌아보면서 무작정 혼자서 들길을 걷고 싶어졌다.

이 책의 번역을 권유한 동아시아 출판사 한성봉 대표에게 감사의 말을 전한다.

2020년 5월

임경택

신문기자

아베 정권과 싸우며 세상을 바꾸는 여성 기자의 기록

ⓒIsoko Mochizuki, 2020. Printed In Seoul, Korea

초판 1쇄 찍은날 2020년 5월 27일
초판 1쇄 펴낸날 2020년 6월 2일

지은이	모치즈키 이소코
옮긴이	임경택
펴낸이	한성봉
편집	조유나·하명성·최창문·김학제·이동현·신소윤·조연주
콘텐츠제작	안상준
디자인	전혜진·김현중
마케팅	박신용·오주형·강은혜·박민지
경영지원	국지연·지성실
펴낸곳	도서출판 동아시아
등록	1998년 3월 5일 제1998-000243호
주소	서울시 중구 소파로 131 [남산동 3가 34-5]
페이스북	www.facebook.com/dongasiabooks
전자우편	dongasiabook@naver.com
블로그	blog.naver.com/dongasiabook
인스타그램	www.instargram.com/dongasiabook
전화	02) 757-9724, 5
팩스	02) 757-9726

ISBN 978-89-6262-336-9 03830

이 도서의 국립중앙도서관 출판예정도서목록(CIP)은 서지정보유통지원시스템 홈페이지
(http://seoji.nl.go.kr)와 국가자료종합목록 구축시스템(http://kolis-net.nl.go.kr)에서
이용하실 수 있습니다. (CIP제어번호 : CIP2020020841)

※ 이 역서는 2019년 대한민국 교육부와 한국연구재단의 지원을 받아 수행된 연구이다.
  NRF-2019S1A5C2A02083616

※ 잘못된 책은 구입하신 서점에서 바꿔드립니다.

만든 사람들

책임편집	조연주
크로스교열	안상준
디자인	전혜진
본문조판	김경주